寫作吧！破解創作天才的心智圖

蔡淇華——著

目次

推薦序　謝謝老師的魔法，我真的被看見了！　005
推薦語　008
自　序　最大的恐懼是，死亡之前，無法跟文字愛戀一次　013
1. 收了，再打——邱吉爾的太極修辭法　019
2. 我能抗拒一切，除了誘惑——矛盾語法（一）　026
3. 楊牧為何用死亡歌頌春天的美？——矛盾語法（二）　030
4. 「失而不敗」，找到你的敦克爾克灘頭——二元拆字法　037
5. 從無感的「習慣領域」拉到有感的「忽略領域」——另闢戰場法　043
6. 有所本的科幻，有產值的奇幻——科幻聯結法　049
7. 幫你看見差異化——異感情理法　055
8. 二十一世紀「起承轉合」，六秒鐘，決定要不要你——去起手式法　061
9. 先求有，再求好——積句成篇法　067

10. 文章從哪裡開始，就從哪裡結束——首尾呼應法 071
11. 先找格，才能破格——破格法 077
12. 被路過的靈感撞到——情境名詞互換法 082
13. 將三十個「動詞」跟「名詞」放進鉛筆盒——發散收斂「動名詞法」 090
14. 好題怒而飛，不知幾千里也！——結尾命題法 097
15. 從塵埃裡開出一朵花來——虛實互換法 102
16. 將動詞的主權還給萬物——萬物作主法 107
17. 天若有情天亦老，寫「物」是為了寫人——「賦比興」的類比威力（一） 115
18. 「發散性思維」與「收斂性思維」的練習——「賦比興」的類比威力（二） 120
19. 在琴弦上賽車——雜揉法 125
20. 用一碗湯看一個帝國——視角破題法 133
21. 寫好敘述文——事觀察擇法 141
22. 選取當代有感的細節——細感法 145
23. 生出文學的血肉——細節拉長法 151

24. 分解過的經驗，才是可用的經驗——經驗分解法 158
25. 改寫套語，新意無窮——抽梁換柱法 162
26. 用「現世呼應」邀請古人還魂——古人還魂法 166
27. 找到自己的南朝——史料相關法 176
28. 用五種心智圖轉識為智——詩眼轉品法 183
29. 用思辨找觀點，寫好論説文！——圖表論述法 190
30. 每個人，都是時代的切片——時代切片法 197
31. 跟達利學寫作——藝術作品翻轉法 205
32. 寫沒説的話，更真實——側寫法 212
33. 真痛時不哭，教志明與春嬌學唱歌——濃情淡寫法 216
34. 每個人都會「看到」，只有行動者能「看見」——行動創作法 224
35. 難的東西簡單説——品牌故事法 230
36. 用「價值」、「故事」、與「積累」，寫出自媒體的品牌力！——品牌積累法 235

推薦序

謝謝老師的魔法，我真的被看見了！

演員　二〇一八東京國際影展最具潛力女演員獎得主／劉倩妏

首先，非常榮幸能夠為蔡淇華老師《寫作吧！破解創作天才的心智圖》寫推薦序。會認識老師，也是因為兩年前到臺東拍攝電視劇《讓愛飛揚》，在臺東誠品偶見《寫作吧！你值得被看見》。只是我當時不知道那次的偶然遇見，會為我的人生帶來如此巨大的改變。

《讓愛飛揚》是我二〇一六年轉戰臺灣影視圈的第一部作品，離開故鄉馬來西亞，隻身來到臺東拍攝四個月，鄉愁特別濃。休假的時候除了跟家人視訊、準備劇本功課以外，就是窩在房間裡看書。我依稀記得那天閱讀《寫作吧！你值得被看見》，全身起了雞皮疙瘩。書中除了分享循序漸進的寫作技巧以外，收錄了許多學生的文字作品，每一篇都寫得極好，成熟得像職業作家。我尤其記得那一首關於口香糖的詩，讓我反覆看了好多遍，每一遍都細細咀嚼，還是很有味

道。

我當時心想，我如果也是這位蔡老師的學生，是不是也能寫出這麼美妙的文字呢？自我小學三年級開始，文字帶著我翩翩起舞，拿下了不少寫作獎項。之後步入社會工作，每天拚命地忙碌，手中放下的筆，就再也沒有提起來過了。讀完這本書以後，我寫作的熱情重新被燃起，我想認真學習寫作，我想在文字裡狂舞。於是我上網尋找蔡淇華老師，尋找可以聯絡他的途徑，想成為他的學生。幸好蔡老師很有名，我在臉書輸入名字，就輕易地找到了他，我留了一封訊息給他，希望他能指導我寫作。

我捧著書，呼吸著裡面的文字，靜待著可能不會到來的回信。也是，誰會理會一位忽然在臉書出現的陌生人提出的請求。沒關係，靠著這本書，我也能自學，我心裡這樣想著。這時手機在我腳邊振動，蔡老師回覆我了，他真的答應了我這陌生人的請求！那一天，我找到了寫作路上的明燈。

老師要我每天交一篇散文給他，於是每天我下戲後都迫不及待回到房間，打開筆電，滴滴答答地敲擊靈魂的喃喃自語，寄給老師。老師總是讚美我，循循善誘，為我寫作的夢想注入很大的強心針。

寫了幾個月的散文後，我開始想寫詩。想以詩的形式，把一些在腦海中跳躍的支離破碎，拼湊起來；把油然而生的每一種情緒，安放好。那段時間我很多愁善感，戲劇殺青後，我回到臺北，準備過我第一個異鄉農曆年。除夕那一天，我獨自在捷運站，漫無目的地走著，看著加快腳步準備回家吃年夜飯的人們，聽著自己的腳步聲，我低頭，寫下了一首新詩〈跟除夕聊天〉。後來蔡老師說，他把我的幾篇詩作寄給了《創世紀》詩刊的主編，嚴忠政老師。不久後我就收到《創世紀》詩刊的邀請，在專欄上發表了四篇詩作，成為了首位登上此刊的女藝人。

此後我持續地寫著，魔法又奇蹟般地發生了。我接演了一部馬來西亞電影《阿奇洛》，導演楊毅恆的文學底子很深厚，他在臺灣逛書店時看到了《創世紀》上我的詩作，意外地發現了我的寫作能力。他請我寫了一些詩和散文，穿插在電影中當旁白，有點類似王家衛導演的電影風格。

二〇一七年十一月，《阿奇洛》入圍了東京影展主競賽單元，電影每一場放映，場場爆滿，一票難求。導演與我出席映後座談，除了聊劇本、聊表演，當導遊提起這些旁白出自我手，觀眾反應意外地熱烈，連影展主席、策展人等都給了很高的評價，讓我深受感動。幾天後東京影展的頒獎典禮上，強烈的鎂光燈和無止盡的快門聲中，我奪下了東京寶石獎（最具潛力女演員獎），導演則打敗一眾優秀導演，奪下了最佳導演。

我永遠不會忘記當下的眼淚。再次謝謝蔡淇華老師，還有你在我身上施展的魔法。寫作吧！我真的被看見了！

推薦語

地氣／散文家　石德華

書的架構，就是寫作的心智圖。能這樣寫寫作的書，其實也挺天才的。能寫的人不見得能講，能寫能講的人不見得能教。淇華教你真正能寫。

寫作沒有固定的模式，這話真令你洩氣，淇華用廣告人懂行銷的優勢，破解不固定中的固定，一整個貼熱你的心。

給我現代、給我步驟、給我實例、給我聽得懂的語言……，教與學都說不出的無聲困局，大大小小無效能的溝通白工，此書成了靠山，還附上積點不加價贈品——學測題。

久旱、晴爆、水枯、地裂——，嘩颯！豆點大的滂沱大雨重重落下，漫升起潮溼溫潤的地氣；《寫作吧！破解創作天才的心智圖》之於寫作的教與學。

鋪天蓋地的寫作三十六計／作家、丹鳳高中圖書館主任　宋怡慧

這是一個需要故事的時代，但是，你有把握能寫出好故事嗎？

從《寫作吧！你值得被看見》到《寫作吧！破解創作天才的心智圖》，寫作大師蔡淇華，直接剖析各種寫作技巧，細心羅列諸多實例，讓讀者從零到有，從有到好，寫出獨一無二的作品。

進階版的寫作聖經《寫作吧！破解創作天才的心智圖》猶如生活熱情的自燃器，在作者循序漸進地引導下，有效的寫作策略，多元面向的書寫角度，引燃讀者的寫作心、助燃讀者的寫作情，以鋪天蓋地的寫作三十六計，篇篇精彩、則則驚奇，讓我們也成為超有「哏」、超有「fu」、超有「才」的故事製造機。

幫我實現作家夢的武林祕笈／作家　阿布

與其說這是篇推薦文，不如說，這是個見證文。說著一個自然組女生，從沒得過任何文學獎，更不是什麼有名氣的人，但卻在讀完老師出版的《寫作吧！你值得被看見》後，有了一百八十度的翻轉，不僅更精確寫出畫作想傳遞的意思，更在一年後寫下了出版兩個月就四刷的圖文書。

雖然有人會說，那是妳的故事原本就美麗，但一個劇本的好，更要演員的專業，才能使這部戲更加動人。蔡淇華老師的寫作教學書，一直扮演著這樣的角色，不僅讓我能找到詮釋自己故事的方式，更讓我學會如何運用平凡的文字，寫出那些不平凡的故事，去感動更多的人。

但學會寫作的我，卻始終寫不好標題，標題需要貫穿全文，但又要跳脫寫作的思考，利用短短的幾個字，就能抓住讀者的眼光。當老師告訴我，他即將出一本教下標的書時，我興奮的告訴老師，我一定要馬上入手，因為新書文章的標題，一直是老師輔導我的重點。

在看完這本書之前，我可能會把這推薦文標題寫〈標題對一個文章的重要性〉，但看完這本書後，我想告訴你們，這本書就是我新書出版兩個月就四刷的祕密。

成為明日的品牌／小說家　許榮哲

以前他們說：「給孩子魚，不如給他釣竿。」

現在我們說：「給孩子釣竿，不如讓他知道魚有多好吃。」激發孩子追求的渴望，他才會自己找到比釣竿更好的工具，釣出遠遠超越「魚」這個概念的東西。

同樣的邏輯，給孩子文章，不如給他寫作的方法；給孩子寫作的方法，不如讓他知道寫作是為了讓自己成為一顆星，一個獨一無二的品牌。

讀蔡淇華老師的寫作書，你會得到兩把鑰匙。第一把銀鑰匙，讓你打開寫作的大門。但重點是第二把金鑰匙，它會讓你打開品牌的窄門，成為明日的品牌，像賈伯斯，像邱吉爾，像ＬＶ……

向這個世界宣告「我在」！／《閱讀理解》創辦人　黃國珍

蔡淇華老師身為一位極為優秀的教師，繼上一本《寫作吧！你值得被看見》後，再次以系統的篇章，精準的文字和寶貴的經驗，將自己寫作的心法編寫出這本更為進階的操作實務力作《寫作吧！破解創作天才的心智圖》，可以給學生、教師和文字工作者，帶來學習與精進的最佳指導手冊。讓我們不只是「我思」，更近一步落實到「我寫」，終極向這個世界宣告「我在」！

當寫作書本身就是一種破格／演說教練、國文教師　歐陽立中

來，談到寫作，你最直接會想到什麼方法？你先別說，讓我猜猜。是不是什麼「起承轉合法」、「名言佳句法」、「開門見山法」之類的？別驚訝我怎麼猜到的，因為這一套我從小聽到大，直到當老師教學生寫作，還老聽到這幾招。不是不好，只是你就任憑自己的靈感被教條禁錮嗎？

直到讀完淇華的這本寫作書，我的第一個念頭是：「孩子們乾枯的靈魂，終於獲得救贖。」

還執著於「起承轉合法」嗎？淇華告訴你，今日的「時代美學」是「由簡馭繁」，學習行銷學的ＡＩＤＡ法，讓讀者一眼就被你的文字黏住。

還在死記「名言佳句」嗎？淇華激勵你，真正的名言佳句出自於你翻飛的靈感，用上「雜揉法」、「虛實互換法」，從此再也不用拾人牙慧。

還惦記著「開門見山法」嗎？淇華顛覆你，門開了為何一定要見山？為何不能見大河奔流、星河璀璨？是的，方法只是找格，但要晉升一流，你得破格而出。

你對寫作書的想像是什麼呢？是不是書裡要有方法、範文、佳句呢？其實，你可以再貪心一點，如果再多一些中西理論、故事情境、文學況味呢？

是的，淇華的《寫作吧！破解創作天才的心智圖》就是這樣一本超越你期待的好書。當寫作書本身就是一種破格，我想成為經典，只是時間早晚的事了。

可操作「寫作模組」／詩人　嚴忠政

這本書簡直是「文字氣象學」！它提供了許多可操作的模組，這些「寫作模組」各有變化上的規律，就是要讓你掌握作家級的文字，自成氣候。

過去，你用扁平的文字來將世界填滿，而這本書要讓你有立方體的文字！像是把魔術方塊握在手裡，一切聚散、虛實、雜揉、框架也都轉動於指尖！

一場寫作巫師養成班／作家、師大附中國文老師　顧蕙倩

如果說寫作者是個巫師，淇華老師的寫作課程就是一場場巫師養成班。也許你想「我帶著香蕉進來，頂多養成一杯香蕉牛奶罷！」但淇華老師可不這麼玩噢！他會一一破解巫師潛在的心理，然後將自以為是的習慣一一攪碎，以他豐富的人生閱歷與破表的創意思維，讓你不僅擁有香蕉的前世今生，還能將香蕉神奇的幻化成不同形貌，甚至讓香蕉成為改變世界的魔法棒！最厲害的是，那自你手中成就的世界，還依然能品嘗出香蕉的養分與香氣！

自序
最大的恐懼是，死亡之前，無法跟文字愛戀一次

得骨癌後，我最不願的，就是還沒談過一場轟轟烈烈的戀愛，就要死了。至醫院複診追蹤也檢查不出個所以然；但我想，我想冒一回險……——柯菲比

年輕時，寫作是天空的彩虹；主修文學，我望著彩虹，雙腳踩入泥沼；辦了幾百場文藝講座後，我渾身泥濘，滅頂了——我不相信「寫作能教」這檔事！

然而人生就像電影《一代宗師》中，葉問借用李叔同的一句話：「念念不忘，必有迴響。有一口氣，點一盞燈。」

我不服氣啊！不惑之年倏忽而過，我竟還未替自己點亮寫作的燈！

守住篝火不滅，我終於找到了文學長夜的點燈人——詩人嚴忠政與散文家石德華。前者將石化的文學理論，用具象可解的語言賦予精魂；後者教會我散文的形式美學與典律。

創作熱情重新被點燃後，周身帶光的文字，引我尋到

一頂頂文學冕冠。但我的身分是老師，只有學生強，才能庶幾無愧。因此，我想當二十一世紀的普羅米修斯，向創作的天神盜火，傳送給猶處文學暗夜的學生。

遂誓命以文字結界，辦了校刊、立了詩社、開了文創班，每年要指導不下百篇的作品。如同胡適博士所言，發表是吸收的利器，我開始懂得活化艱澀隱晦的理論，例如用符號學大師羅蘭．巴特的「意指延遲」來教意象、用語言學家雅克慎「選擇組合雙軸」教雜揉、或是用伊瑟爾的接受美學「文本到作品產生美學間隙」教隱藏。

念大學時，講者抬出這些大師的名字，用理論教理論，卻與文學無涉，與創作無用，我才知道，沒有創作能力，或是沒有創作教學經驗的老師，很難「轉識為智」，將能力傳承給下一代。

我慢慢熟悉「轉化」的語言，漸漸懂得用「白話」來「高效能溝通」。學生的成就也慢慢展現，這幾年屢屢斬獲全市、全國或是國際性的創作獎項，十年來不下二百多個。

其實，最難的東西要從最簡單的方式開始講，看不見的概念要用看得見的具象講。所以佛教發展出禪宗「直指人心，見性成佛」後，六祖一花開五葉，佛道普傳；人類了解零與一後，進入電腦時代，開啟了第三次工業革命。

尋思，我有沒有可能「把最複雜的，講得最簡單」、「把最簡單的，講得最有結構」、再「把最抽象的結構，講得最具體」，最後將文字的原力傳給學生、素人、廣告文案，或是各種藝術創作者？

所以我二〇一六年寫下了《寫作吧！你值得被看見》。

這本書有四十力，是四十種寫作最重要的基石。這本書至今已十三刷，售出二萬多本，它改變了我，也影響了更多人。每隔一陣子，總會收到讀者寄來的感動，有些會提出指導的要求，若他們夠努力，我也會忘卻時間，陪他們往創作的繁花盛處奔去。

就這樣，結下了深深淺淺的師生緣。

像是芳如，我請她以史迪爾小姐之名書寫，最後成了二〇一七年「拾穗計畫特殊選材」狀元，錄取清華，現在受邀擔任專欄作家。

像是文懷，被判刑二十八年，但一封封獄中來信，一封封被我退稿改寫，最後不到一年，已有七篇文章在《聯合報》刊出。

例如阿布，和我聯絡時，仍命懸一線，想不到現在新書出版兩個月就四刷，成了擁有兩個專欄的作家。

又例如颱風夜關在臺東拍戲的倩妏，捧著她在臺東誠品購得的《寫作吧！你值得被看見》，傳來臉書訊息拜師，當下不置可否。沒想到她是最認真的學生，日日成篇，字字為營，最後斐然成章，詩收《創世紀》，詩文成為電影旁白，奪下了東京影展最具潛力女演員獎。

然而文學終是小眾，有許多指導多時的學生，仍然敲不進出版之門，但他們仍有機會，不像菲比，她再也無力舉起手，去敲寫作的大門。

二〇一七年三月十二日，罹患骨癌失去一隻手的菲比，在媽媽的陪同下，至臺中尋我，算是正式拜了師。

「我會幫妳，開始寫吧！」我開始期待菲比的作品。但五個月才收到三篇作品，現在才知道，她化療的結果一直不理想，在二〇一八年三月，菲比當天使去了。

瓊午媽媽PO出菲比離世的當日，我打開命名為「柯菲比新書」的檔案夾，讀著，讀著，鼻頭就酸了……菲比的文章，篇篇佳作呵！

在〈我還有一隻手〉文中，菲比寫下：

我在這未知的旅程中打拚了六年多。至今已做過二十次化療，三十四次放療，發病時我十三歲，現在已經二十歲成年了……我覺得每天都是不容易的，要及時行樂。每個人的一生都在失去，最有價值的是我的靈魂得到了什麼，或是我讓別人的生命改變了什麼。有人說：「上帝給人兩隻手，一隻手向上為自己；一隻手向下給別人。」我的人生目標就是專攻身障社福領域的研究，用一隻手代替「雙手」的工作。我還有一隻手，我要寫出最美麗的人生！

在〈四分之三的擁抱〉中，菲比吐出她青春最瑰麗的吶喊：

我以為這淡淡的感覺，只會隨著暑假結束畫下句點。我當然曉得以「正統」乖小孩的價值觀，我不該單獨與你見面，卻沒人會懂，是我最近莫名的疼痛要我赴這個約。得骨癌後，我最不願的就是還沒談過一場轟轟烈烈的戀愛，就要死了。至醫院複診追蹤也檢查不出個所以然；但我想，我想冒一回險……

陳文茜小姐在〈有個女孩，叫菲比〉一文中，寫下她對菲比的不捨：

菲比走的前一天，我趕到醫院探望她。才和她舉行婚禮的希臘情人，一直親吻菲比，不斷告訴她：「菲比，我好愛妳。」戴著氧氣罩的菲比，很喘，說話聲音柔細，一句話得分幾段才能完成。這代表癌細胞快速地布滿了她的肺與心臟，她身體的二氧化碳，排不出來。

即使如此吃力，菲比看到我，還是不停地說話，她深怕下一刻，就沒有力氣了，再也表達不了她的「快樂」、「幸福」和「感激」。

所有的告別，都免不了眼淚，菲比卻一直微笑著。她如此疲憊，我希望她休息，她卻仍喊住了我說：「謝謝妳，我好快樂。」可以做到如此，因為她比許多人知道活著的意義。

在二十一歲生命的盛夏光年，菲比談了一場轟轟烈烈的戀愛，然後兩顆深瞳凝視深情人間後，裙裾飄飄，嫣然離世。但「出一本自己的書」卻是我一直未能幫她達成的承諾。

在四月待在德國的二週，和瓊午媽媽密集討論為菲比完成出書遺願的計畫，回國後，我們一起擬定了寫作的大綱，希望將菲比留下的作品，以故事的方式結集。

菲比短如彗星，卻燦若星河的生命，提醒我有多幸運，因為我生命最大的恐懼是，死亡之前，無法跟文字愛戀一次。

出完《寫作吧！你值得被看見》，仍有許多讀者傳達出內心的恐懼：「除了觀念，老師可不可以再寫下操作的步驟與細節？」所以我花了兩年的時間，不斷的閱讀、實驗、教學、整理，終於結集三十六篇的《寫作吧！破解創作天才的心智圖》。希望能幫助更多的讀者與文字「談一場轟轟烈烈的戀愛」。最後想用菲比飄著玫瑰花香的文字，為這篇序結尾，也為這本書開頭：

我抬起手觸碰到你背的那刻，耳際響起了從未聽過的樂音，頭上有天使在奏章：我好暈，這太誇張了。只能說《三個傻瓜》裡面藍丘和佩雅的那段相遇是真的。你和我圍成了一個四分之三的擁抱，兩個世界合一的時候旋轉了好幾圈……不得不說，我瞬間感覺秒針慢了十倍，你緩緩地朝我奔來……有一陣微風……

各位朋友，打開這本書，讓謬思之神緩緩朝你奔來，有一陣微風襲來，感覺世界的秒針瞬間慢了十倍，真實與想像的世界和你合一旋轉，頭有點暈，是的，你開始和文字談一場轟轟烈烈的戀愛了！

1 收了，再打——邱吉爾的太極修辭法

他的文字像太極推手，總是退到最後，收掉對方的力道後，再借力使力，用更大的力量打出去……

你知道在一九五三年，是誰打敗呼聲最高的海明威，得到諾貝爾文學獎嗎？答案是——邱吉爾。是的，是那個帶領盟軍打贏二戰，像隻英國鬥牛犬一樣「打不垮、不服輸」的英國大軍事家邱吉爾（Winston Churchill，一八七四—一九六五）。

其實讀者無須訝異，邱吉爾真的是個大文學家。他一生中寫下了四十五本書，幾乎每一本書都轟動暢銷，而且佳評如潮。《泰晤士報》曾經寫道：「二十世紀很少有人比邱吉爾拿的稿費還多。」

在電影《最黑暗的時刻》中，有一幕邱吉爾的妻子克萊門汀說：「我們破產了。」事實上，邱吉爾是沒落貴族，太太為豪門之後，一家開銷頗大，經濟總是吃緊，在出版讓邱吉爾得到諾貝爾文學獎的《二戰回憶錄》後，邱吉爾才真正的脫離財務困境。所以英國劍橋教授彼得．克拉克在《邱吉爾先生的職業》一書中寫道：「政治家只是邱吉爾的第

二職業。」其實並不誇張。

邱吉爾雖然大半生從政，但骨子裡絕對是個文青，他一生創作了五百七十件繪畫作品和兩件雕塑，但最鍾情的還是文字。他曾說，來生最願意做的事，是「與文學家奧斯卡．王爾德對話」；他還誇張說過：「我寧願失去一個印度，也不願失去一個莎士比亞。」

再忙，邱吉爾的大腦都在想著寫作。他二十一歲從赫斯特皇家軍事學院畢業後的第一份工作，不是拿槍，而是拿筆前往古巴，第一線採訪古巴革命。之後邱吉爾隨所屬騎兵團駐防於印度南部，仍兼職戰地記者，並完成第一部著作《馬拉坎德野戰軍紀實》。

寫過書的人都知道，想寫是一回事，在百忙的生活中，要按計畫如期完成，身心遭受的壓力不足與外人道。難怪邱吉爾會如此描繪自己寫書的過程：「寫書就像一場冒險。開始時，它是玩具，也是娛樂。然後它成為一位情婦，再而成為一位主子，再往後則變成一位暴君。最後一個階段是你終於認了命，你把這頭怪獸給殺了，然後拖到外面示眾。」

寫作需要良好的習慣，絕非像電影中的邱吉爾一樣隨時喝酒買醉一般。例如當邱吉爾當上首相後，仍有強烈的創作衝動，常常利用夜裡和早晨的時間寫作。還會隨時用文字記錄大小事，保留了大量的便條、備忘錄、信函和戰時資料，供日後撰寫《二戰回憶錄》使用。

邱吉爾是一個真正的文字魔法師。倫敦市長詹森曾說：「邱吉爾掌握的英語詞彙量甚至比莎士比亞和狄更斯加起來還要多。」根據詞典學家統計，拉丁《聖經》用了五千四百多個詞彙，莎士比亞大約掌握了二萬四千個詞，而邱吉爾能使用九萬個詞，是其他作家的好多倍。

邱吉爾的文字有一種「絕處逢生」的力量，像是柳暗花明疑無路，突然天地間，只有邱吉爾用文字大斧劈開那條路，例如「我沒有路，但我知道前進的方向」、「勇氣就是不斷失敗，而不喪失熱情」、或是「堅持下去，並不是我們真的足夠堅強，而是我們別無選擇」。美國前總統約翰．甘迺迪形容得好：「在黑暗的日子和更黑暗的夜晚，當英格蘭孤軍無援時，他啟動了英文語言，並將之派遣上了戰場。」

電影《最黑暗的時刻》片名其實是雙關語，因為一九四〇年不僅是英國歷史上最黑暗的時刻，也是邱吉爾內心最黑暗的時刻。邱吉爾曾有憂鬱症病史，父親雖是內閣大臣，卻四十二歲就因梅毒去世，母親是散盡家財的交際花，而且邱吉爾讀書不順利，要連考三回，才考進皇家軍事學院。

邱吉爾擁有一切理由對人生絕望，但弔詭的是，他卻是那個在全歐洲都失去希望時，用文字給予希望的人。他的文字像太極推手，總是退到最後，收掉對方的力道後，再借力使力，用更大的力量打出去。例如在二戰末期，邱吉爾所代表的政黨在選舉中大敗，失去了首相席位，史達林對邱吉爾說：「邱吉爾，你打了勝仗，人民卻罷免了你。看看我，誰敢罷免我！」邱吉爾不卑不亢回答：「我打仗就是保衛讓人民有罷免我的權力。」嘲笑蘇俄是個沒有人權的國家。

英國劇作家蕭伯納很討厭邱吉爾，於是寄給他兩張票，上面寫著：「隨信附寄兩張我新劇首演的入場券，帶上個朋友來看吧，如果你還有朋友的話。」邱吉爾也不反擊對方的嘲弄，直接用他的嘲弄力量打回去：「可能無法出席首演；但我會來看第二場，如果還有第二場的話。」

他還有一句名言：「每個人都是昆蟲，但我確信，我是一隻螢火蟲。」邱吉爾的修辭技巧是先承認失敗（我也是蟲），然後賦予失敗高度，最後再踩在那個高度上，像個王者睥睨眾生（一隻發光的蟲）。例如別人批評民主制度缺乏效率時，他不跟你爭辯，也承認你說的，但繞過你開的戰場（效率議題）來打你，他回答：「民主是最差的一種政治制度，但比其他被實驗過的制度都好。」讓你知道，不管你怎麼打我，你想提倡的制度都是假貨。

這世上，每個人總會抱怨「這是個爛時代」或是「我被放錯了位置」。邱吉爾承認這些抱怨都是對的，然後在第三句打出一記淋漓盡致的重拳：「人總是在一個不適當的時間，被推上一個不適當的位置，去做一件正確的事情。」多好啊！邱吉爾承認萬般皆是錯，但點醒你，自己不能錯！錯誤的時空，做對的事，才是真英豪。

我們也可以學那隻英國鬥牛犬，從極度悲觀的現世，萃取出極度樂觀的生猛佳句。來，練習邱吉爾「先收再打」的太極修辭法吧！

〈練習〉（前六句是邱吉爾名言）

1. 失去的永遠______你手上握住的多。

A）比　B）不會比

2. 如果你身陷地獄，那麼就______！

A）繼續前行　B）水深火熱了

3. 成功就是______，而不喪失熱情。

A）停止失敗　B）不斷失敗

4. ______你喜歡的事，要去喜歡你正在做的事。

A）去做　B）不要嘗試做

5. 當我回顧所有的煩惱時，想起一位老人的故事，他臨終前說：一生中煩惱太多，但大部分擔憂的事情______。

A）都發生過　B）卻從來沒有發生過

6. A）我願奉獻一生，包含熱血、辛勞、淚水與汗水。

B）我沒有什麼可以能奉獻的，除了熱血、辛勞、淚水與汗水外。

7. 是的，你昨天遇到了世上最大的悲劇，______。

8. 我們確定會失敗，______。

9. 聯考是最糟糕的制度，______。

10. 閱讀非常花時間，＿＿＿＿＿＿＿＿＿＿。

解答：

BABBBB

參考解答：

7. 但只有把握今天，明天才可能有喜劇。
8. 卻可以選擇光榮的失敗。
9. 卻是最公平的制度。
10. 卻是學會閱讀唯一的方式。

2 我能抗拒一切，除了誘惑——矛盾語法（一）

「反慣性」的矛盾語，有時更能直指般若，讓我們更容易見到人類的「慣性」……

林俊傑抒情唱著「背對背擁抱」，汪峰搖滾吶喊「多少人走著卻困在原地，多少人活著卻如同死去，多少人愛著卻好似分離，多少人笑著卻滿含淚滴」。我們跟著唱，卻沒去思考——這完全不合邏輯嘛！不是面對面才叫擁抱嗎？走著，怎會困在原地？愛著，為何會好似分離？

這樣前後矛盾的語詞，我們稱之為矛盾語，矛盾語的目的在於提醒我們「內在的真實」。所以表面「背對背」，內在還在擁抱；相反的，有些人表面假裝相愛，但兩顆心已經分離。

矛盾語還有一個功能，提醒我們要反思熟悉的日常，就像金城武慢慢念出「世界越快，心則慢」，我們會想到要慢下來。暢銷書取名「你的善良必須有點鋒芒」，點醒我們，不能當個永遠被欺負的濫好人。又例如蘇軾在〈赤壁賦〉裡吟出「逝者如斯，而未嘗往也」，翻成白話就是「水往前流，又沒有往前流」。很扯，對不對？但蘇軾形容半天赤壁外在的美，其實他「內在」真正想說的卻是——我們感覺水不斷流去，但你若從長遠的眼光去看，會發現水仍繼續流，沒啥變化！蘇軾這段話是〈赤壁賦〉全篇的精神主旨，他想藉這段話勸同舟的客人，不要因為壽命有終而悲觀唏噓，因為天地萬物循環往復，即便身毀，精魂仍在其間優游無止。

許多古今文人均擅長以矛盾語表達內在的真實。例如南朝梁詩人王籍在〈入若耶溪〉中的名句「蟬噪林逾靜，鳥鳴山更幽」，告訴我們鳥鳴時，我們的內心反而更寧靜。張曉風的〈許士林的獨白〉，寫下「娘，我每日不見你，卻又每日見你，在凡間女子的顰眉瞬目間，將你一一認取」。「每日不見卻又每日見」的矛盾，凸顯出被鎮在雷峰塔底、十八年緣慳一面的母親白素貞，在想像中「化身千億，向我絮絮地說起你的形象」。

西方文本中的「矛盾語」更是處處可見，例如沙特的〈文字生涯〉：「我是個百依百順的孩子，至死不變，但我只順從我自己。」卡繆的〈西西弗斯的神話〉：「當對『幸福』的憧憬過於急切，那『痛苦』就在人的心靈深處升起。」或是王爾德在《溫夫人的扇子》中瀟灑又執拗的名句：「我能抗拒一切，除了誘惑。」

大家有沒有覺得「反慣性」的矛盾語，有時更能直指般若，讓我們更容易見到人類的「慣性」。以下是中西方大文豪的矛盾語句，大家試著反慣性回答，可能就會答中他們的原典，也因此，對人生的內在真實，又多了一層理解與包容。

文豪的矛盾原典：

1. 人生有＿＿＿＿，第一是想得到的得不到，第二是想得到的得到了。

A）兩個悲劇　B）一個悲劇一個喜劇　——王爾德

2. 每個＿＿＿＿都有不可告人的過去，每個＿＿＿＿都有潔白無瑕的未來。

A）聖人　B）罪人　——王爾德

3. 年輕的時候我以為錢就是一切，現在老了才知道，＿＿＿＿。

A）並非如此　B）確實如此　——王爾德

4. 即使到處遊歷，總無法逃避＿＿＿＿。

A）大眾　B）自己　——海明威

5. 所有的罪惡都始於＿＿＿＿。

A）清白　B）黑暗　——海明威

6. 任何一樣東西，一旦你擁有它，它就＿＿＿＿。

A）盛開　B）凋謝　——普魯斯特《追憶似水年華》

7. 唯一幸福的歲月是＿＿＿＿的歲月，唯一真實的樂園是＿＿＿＿的樂園。

A）得到　B）失去　——普魯斯特《追憶似水年華》

8. 如果試圖改變一些東西，首先應該＿＿＿＿。

A）改變許多東西　B）接受許多東西　——沙特《文字生涯》

9. 歡喜到了極處，又有一種兇曠的＿＿＿＿。

A)快樂　B)悲哀　——張愛玲《連環套》

10. 我相信人，＿＿＿＿人性。

A)我相信　B)但我不相信　——張愛玲

11. 咒罵那個＿＿＿＿的太陽。

A)溼淋淋　B)乾燥　——李昂《婚禮》

12. The silence＿＿＿＿.

A)quiet　B)whistles　——納坦．奧爾特曼《夏夜》

13. 往＿＿＿＿跌了一跤。

A)下　B)上　——謝爾．希爾弗斯坦

14. 我是自由的，那就是我＿＿＿＿的原因。

A)迷失　B)找到路　——卡夫卡

15. 讓你難過的事情，有一天，你一定能＿＿＿＿著說出來。

A)笑　B)哭　——史蒂芬．金《刺激一九九五》

文豪的原典

1. A　2. A B　3. B　4. B　5. A

6. B　7. B B　8. B　9. B　10. B

11. A　12. B　13. B　14. A　15. A

3 楊牧為何用死亡歌頌春天的美？——矛盾語法（二）

朱自清的〈背影〉與韓片《與神同行》，是不是都在製造難度拉張力？是不是一樣用「反慣性對比」抓住了我們的眼球？

「不會寫，我也不知道詩人在想什麼。」

考完今年學測國寫後，詢問學生對「楊牧詩題為何命名為〈夭〉」的理解，得到的回應和媒體報導很類似，考生幾乎身陷不著邊際的莽莽大荒。大考中心表示，這一題讓大部分考生兵敗如山倒，全國有二千一百零三人拿到零分。

我們來看看這一題，為何難倒那麼多學生：

你在傾聽小魚澼濺的聲音
張望春來日光閃爍在河面
微風吹過兩岸垂垂的新柳

野草莓翻越古岩上的舊苔
快樂的蜥蜴從蟄居的洞穴出來
看美麗新世界野煙靄靄——
在無知裡成型。你在傾聽
聽見自己微微哭泣的聲音
一片樹葉提早轉黃的聲音（楊牧〈夭〉）

詩中有聲音的傾聽，有視覺的張望，也有快樂與哭泣。作者描寫春天的美麗新世界，但詩題為何命名為〈夭〉？

詩無正詁，一首詩可以有不同的解讀法。詩題〈夭〉可以用《詩經．國風．周南．桃夭》來解，其「桃之夭夭，灼灼其華」的「夭」字，孔穎達解釋為「少壯」，朱熹注「少好之貌」，都是形容桃樹樹葉茂盛，枝幹壯實。然而楊牧詩末出現「聽見自己微微哭泣的聲音／一片樹葉提早轉黃的聲音」，則詩題〈夭〉似乎更接近教育部國語辭典「少壯而死」之意。

這首詩前六行春光正好，卻在後兩行急轉直下到哭泣與葉黃。這種「以夭（死）講生」的「反慣性」跳接，不像李煜〈相見歡〉的「林花謝了春紅，太匆匆」，或是黛玉〈葬花詞〉的「花謝花飛飛滿天，紅消香斷有誰憐」，都是慣性的物我同悲。楊牧「以死講生」的反慣性，真的會讓「慣性思考」的學生一時無法反應。

事實上，「以死講生」、「以生講死」的「反慣性」設計與應用，是現代文學或是文創商品中「抓張力」與「吸眼球」的常用手法。

例如在《達文西密碼》的續集《起源》中，丹．布朗寫生命的起源，將答案藏在死亡之中：只有看見死亡，人生才有成為傑作的可能。

又例如德國現代主義小說家托馬斯．曼的小說《威尼斯之死》，一樣「以死講生」，一樣用死亡來凸顯最美麗的生命。小說描寫一個德國作家偶見一位俊美如希臘雕像的少年，內心充滿美的激情與讚嘆，最後因為捨不了世間絕美的眷戀，滯留在爆發霍亂的威尼斯，最後感染霍亂而死。

日本導演市川昆亦有「反慣性」的設計，他反過來，用「以生講死」的手法來拍《緬甸的豎琴》。

電影描寫一連日軍，被英軍包圍，即將被殲滅時，日軍軍官叫殘部合唱〈甜蜜的家園〉，聽到耳熟能詳的旋律，英軍也想家了，已瞄準的步槍扣不下扳機，本該製造死亡的雙方，最後投向生命，日軍投降化干戈為玉帛。之後好萊塢的片子，不管是《變型金剛》，或是《鐵面無私》，都會安排在殺戮的時刻，同時做生命的救援，一樣是「以生講死」，一樣「反慣性對比抓張力」。

文學之所以不朽，是文學想探討的普世價值不會限於「某國某時」，如果我們萃取古今中外不同文本的美學設計，會發現類似的技巧與相同的人性。

韓片《與神同行》大賣，應用「聖人做壞事（哥哥），壞人（弟弟）做好事」，是不是一樣用「反慣性對比」抓住了全片的張力？

應用是橫的連結，是與不同語文、不同藝術、甚至是不同行業的連結。像前段之例，學生喜歡的歌詞、翻譯小說、廣告、文案、電影等，無一不是語文的分身。

現在我們試著進入「反慣性矛盾語」的現世應用，思考如何寫出一樣矛盾又直指人性的傳世佳句。

練習：

1. 我的寂寞很＿＿＿＿。
　A）安靜　B）吵
2. ＿＿＿＿的奢華。
　A）低調　B）高調
3. 幸福中的＿＿＿＿。
　A）圓滿　B）殘缺
4. ＿＿＿＿的溫柔
　A）霸道　B）含蓄

5. ____的風暴。

A)完美　B)缺陷

6. 我想用最快的速度，教會大家如何走____一點。

A)快　B)慢

7. 要帶動這缺乏熱情的學校，猶如____。

A)冰中求火　B)火中求冰

8. 想要面對這麼調皮的學生而不生氣，猶如____。

A)冰中求火　B)火中求冰

9. 一小片____的壞天氣

A)安靜　B)吵鬧　——詩人帕麗夏，書名

10. 高敏感是種____。

A)天賦　B)疾病　——伊麗絲・桑德，書名

11. 你自以為的極限，只是別人的____。

A)起點　B)終點　——特立獨行的貓，書名

12. 你有多____，就有多自由

A)瀟灑　B)自律　——小野，書名

13. 重要的不是治癒，而是帶著____活下去。

A)健康　B)病痛　——卡謬《西西弗斯的神話》

14. 窮得只剩下______。

A)一間破屋　B)錢

15. 青春是一場______迷路。

A)卑微的　B)壯麗的

16. 青春是一場我們一起練習______的大合唱。

A)走音　B)合音

17. 像海上飛魚／用______的憤怒／用力獻祭

A)善良　B)復仇　——嚴忠政

18. 終於知道，______／其實是最難征服的江山

A)繁花勝景處　B)一朵花謝了的地方　——嚴忠政

19. 於是魯迅拿出一把雪／做出被______愛過的事

A)冰　B)火　——嚴忠政

20. 想你。想是唯一航線

這樣的能見度、管制了的熟悉

擾攘離去的跑道空出一條十七歲

往事起降皆______

A）倒飛　B）起飛　——嚴忠政

建議解答：

1. B　2. A　3. B　4. A　5. A

6. B　7. A　8. B　9. A　10. A

11. A　12. B　13. B　14. B　15. B

16. A　17. A　18. B　19. B　20. A

4 「失而不敗」，找到你的敦克爾克灘頭——二元拆字法

文學的終極目的，是想留給世界永恆的價值，但價值是「對比的結果」。因此，可拆解的二元對比語彙，就成為書寫的終極破題法……

英文 failure 一個字，翻成中文是失敗兩個字，但「失」、「敗」兩個字的意思，不見得都等同於 failure？我們先以一段二戰歷史為例，試著重新認識「失」與「敗」：

一九四〇年五月十四日，英國ＢＢＣ電臺進行全國廣播：「皇家海軍要求擁有船隻的人們，若尚未被徵召，請於十四天內將自己的船隻送到海軍。」

因為二戰初期，德軍以犀利的閃擊戰，橫掃西歐大部分的土地，英國四十萬遠征軍在德軍三面包圍的情況下，困在法國的港市——敦克爾克，即將被殲滅。英國高層決定撤退，但都認為此次撤退行動成功希望不大。

但七十多年後，「敦克爾克大撤退」被認為是一場「失而不敗」、「以退為進」的光榮行動。雖然失去空優的英法聯軍，在撤退過程中「失去」六萬多人、二百多艘船艦、

以及一百多架戰機，還遺棄各式戰車、大砲等重要裝備，但在近四十萬士兵中，成功撤退了三十三萬士兵，保留英國日後反攻的一線生機，這是英軍「不敗」的轉捩點。

那世上有「勝而不利」這檔事嗎？有的！你看一九四一年六月二十二日德國發起了「巴巴羅薩行動」入侵蘇聯。戰爭開始第五天，德軍就占領了白俄羅斯，九月，蘇聯失去一百五十萬平方公里國土，蘇軍死亡二百五十萬人，被俘四百三十四萬人，傷殘一百二十萬人。十一月底，德軍已看到了克里姆林宮尖頂上的紅星。德軍一路「取勝」，但是同時，德軍創造了日後大敗的「不利」因素。因為冬天到了，德軍缺少冬季作戰服，幾千里補給線過長，百萬雄師只能在戰壕挨凍、受餓，最後有近五百萬德國精兵死於蘇德戰場，這是人類史上「勝而不利」最慘痛的例子。

「失敗」與「勝利」這兩個熟爛的語詞，被拆解為「失而不敗」與「勝而不利」的二元對比語彙時，讓我們驚訝於中文字詞洞悉人生的精準。原來「失」與「勝」可以被視為物質界的表象，而「敗」與「利」可視為精神面更深沉的內在。

談到拆解二元對比語彙，二千多年前的老子最擅長。例如《道德經．三十三章》中的「死而不亡者壽。」

「死而不亡」讓我們了然，物質界的身體老死還不是真正的滅亡。如同張愛玲說的：「一個人一生中會死三次，第一次是腦死亡，意味著身體死了，第二次是葬禮，意味著在社會中死了，第三次是遺忘，這世上再也沒有人想起你了，那就是完完全全地死透了。」

而張愛玲的「死第三次」就是老子講的「亡」，是精神層次的。所以若一個人可以留給世界永恆的價值，那就是「死而不亡」，是另一種「長壽」。

老子還一一解構看見為「看而不見」、聽聞為「聽而不聞」、光耀為「光而不耀」，原來看與聽是「表象」，而見與聞是「心象」。而生命發光時，不要閃耀到別人的眼睛，才不會招到人忌。老子用二元對立的中文語詞建構了最絜靜精微的智慧，難怪《道德經》會成為愛因斯坦書架上僅有的幾本書之一，也成為世界上除《聖經》以外，被譯成外國文字發行量最多的名著。

文學的終極思維，就是想留給世界永恆的價值，但價值是「對比的結果」。因此，這些可拆解的二元對比語彙，就成為各種文學名著的命題。例如海明威《老人與海》的主題「一個人可以被毀滅，但不能被打敗」，談的就是「失而不敗」；托馬斯．曼的《威尼斯之死》談的是作家看見「如希臘雕像俊美」的少年後，內心的「寂而不靜」，最後用精神上的殉情來歌頌世間的絕美，凸顯出小說想表達的價值——「美是永恆的，美是死而不亡的」。

面對紛繁亂世，我們行筆為文常黏滯不前，往往是因為找不到可以收束文字的主題，這時若使用中文特有的二元對比語彙破題，常有雲散天青之效。例如經濟尚不穩定時，可以用「貧而不窮」來吞吐貧窮背後的豪氣；書寫文明的進步與破壞時，可以用「成而無功」，來警惕世人——就環境的標準，我們「成功」了嗎？另外，在資本主義造成貧富不均的現世，不妨用「富而不貴」，來提醒那一%的富人，要記得付出，才能成為那九十九%的「貴」人。

以下是常見的二元對比語彙，當試著拆解，在對錯、虛實、內外間，對比思考時，我們很容易進入靈臺空明，般若乍現的瞬間，然後當自我即將被世界包圍殲滅時，我們可以更容易找到自己的敦克爾克灘頭，來一次「挫而不折」、「失而不敗」的光榮撤退！

用二元對比語彙造句練習：

1. 看見
2. 聽聞
3. 憂鬱
4. 修為
5. 進取
6. 退後
7. 光耀
8. 黑暗
9. 細小
10. 緣分

參考句：

1. 看見：知識分子豈可對政府的顢頇「視（看）而不見」。
2. 聽聞：對這些無聊的八卦，我習慣「聽而不聞」。
3. 憂鬱：被宣告得了癌症，憂心是正常的，但若負能量一直鬱積，會讓你生病的。記得，要「憂而不鬱」喔。
4. 修為：真正的修為是修養後的作為，這些「修而無為」的自了漢，於世界無益。
5. 進取：老師希望你們的進取是「進而不取」，因為會考試的人很容易成為經濟食物鏈最上層的掠食者，一旦你們以奪取為樂，這世界就沒希望了。
6. 退後：輸了沒關係，若能從失敗中學習，生命是向前的。這叫「退而不後」。
7. 光耀：在職場要發光，但別占盡鋒頭，免得被沒能力的人打壓，這叫做「光而不耀」。
8. 黑暗：有希望，就不怕黑！記得，只要不放棄希望，我們就能創造「黑而不暗」的時代。
9. 細小：記得你的工作「細而不小」。若你的工作沒人做，公司會遭受巨大的損失。
10. 緣分：唉，有緣遇到的，都是我不愛，或是不愛我的人。他們都是我生命中，「有緣無分」的過客。

5 從無感的「習慣領域」拉到有感的「忽略領域」——另闢戰場法

你可以不喜歡寫作文，但你不能不練習說服我的邏輯！

日前到臺東太麻里賓茂國中分享，聽眾是即將要畢業的國三生。隔日輔導老師興奮告訴我：「學生聽完演講後很『有感』喔，昨天在ＩＧ上，看見他們上傳老師的一句話。」

「哪句話？」太想知道了。

「你可以不喜歡讀書，但你不可以停止學習。」

哇！這簡單的句子會讓十五歲的孩子「有感」不是沒有原因，因為它將一個無感的「習慣領域」，拉到一個有感的「忽略領域」。

「讀書」是許多學生討厭的「習慣領域」，若分享者執著在這一個無效的戰場，一定會被聽眾的白眼轟死；但分解出讀書的本質是「學習」，則可以在這一個「忽略領域」布置重兵，攻城掠地！

這所學校的許多學生無法在課本得到成就，甚至模擬考的成績是5C，洪文政校長七年前到任時，全校學生剩下七十二人，瀕臨廢校，他決定「另闢戰場」。

文政校長開設木工班、機車班，家長覺得學這些有用，將孩子一個個送回學校，然後校長再成立籃球隊和棒球隊，讓孩子們玩得快樂，喜歡上學。雖然一開始接觸智育的時間沒其他學校多，但孩子在木工設計與拆解機車的過程中，得到了樂趣與自信。

在代理老師羅智明及廖義孝的指導下，機車班學生很爭氣，拿到全縣動力機械競賽第一名，還有三位學生考上丙級證照考試，許多專科學校紛紛打電話來要提供獎學金。文政校長說：「三位學生都是學校校隊，平時打棒球、打籃球，很少讀書，但檢定前，自動自發通宵念書，為自己的夢想學習，他們又找回了讀書的熱忱。」

「上週請華航維修工程師、機長、空服員來為學生上四堂課。」文政校長繼續分享他開闢的另一戰場：「空服員分享英語多益測驗，工程師講飛行原理與發動機的構造，聽完後，原本不喜歡英語的，說要好好學英語。機車班的孩子也相信只要繼續學習，以後也可以修飛機。都是動力機械，他們不怕！」

賓茂國中的學生九十％來自部落，以前輟學率高，但現在學校人數成長近二倍，還在設計、機械、汽車及餐旅等職群技藝競賽，拿下四個全縣第一，或許他們讀書不是最厲害，但他們可以在某一個「忽略領域」成為不可取代。就像溜溜球達人楊元慶的Slogan：「不是要當最厲害的，而是成為無法取代。」

「當最厲害」是我們夢想的「習慣領域」，但是很少人可以達到；而「無法取代」卻是人人可達到，卻長久忽略的領域。

這是一個很難說服別人的年代，因為我們總喜歡在「習慣領域」的死結中越纏越緊，如果我們可以分解出該議題「重要又被忽略」的本質「另闢戰場」，受眾就會打開閉鎖的心，棄甲曳兵，被你征服。

例如學生不喜歡寫作文時，可以告訴他：「你可以不喜歡寫作文，但你不能不練習說服我的邏輯。」又例如保險業務員可以說：「你可以不買這一份長照險，但你不能不為有尊嚴的老年做一點努力。」

坊間也有許多文案是用這樣「另闢戰場」的辯證來打動人心。例如微電影《星空日記》裡有句話：「不是現實支撐了你的夢想，而是夢想支撐了你的現實。」多好啊！重重打了那些為現實放棄夢想的人一巴掌。

北大宣傳片也有一句：「不是要無憂無慮，而是要無所畏懼。」這句太強大了，可以喚醒那些沉溺小確幸，卻畏懼與現實一搏的人。

另有一句我很喜歡的句子：「不是要一鼓作氣，而是要一擊中的。」這句話提醒那些有勇無謀的人，往前衝之前，要先做好準備。這些讓千萬人買單的文案，都是從「習慣領域」裡「另闢戰場」，一樣逼我們從無感到有感。

其實「另闢戰場」法，也是一種「尋找智慧」的心智圖訓練。只有勘透表象的人，才有辦法找到眾生最重要、又最常忽略的本質，那本質就是智慧，也是文字可以開天闢地的偉大戰場。

例如有人問余光中：「李敖天天找你碴，你從不回應，這是為什麼？」余光中沉吟片刻，用智慧另闢戰場回答：「天天罵我，說明他生活中不能沒有我；而我不搭理，證明我的生活中可以沒有他。」

所以啊！說余光中文章寫得好，不如說他能從憂煩的生活表象，另闢戰場，找到智慧的生命實相，那智慧的實相，才是文字真正的戰場！

練習：

1. 不是要贏在＿＿＿＿，而是要贏在＿＿＿＿。

A)轉折點　B)起跑點

2. 誠實不見得會給你禮物，但＿＿＿＿。

A)但那是基本的品格　B)「成為一個好人」就是最大的禮物

3. 你可以＿＿＿＿，但你不能放棄選擇一生朋友的機會。

A)為聯考念書　B)放棄為聯考念書

4. 不是不給你塑膠袋，而是＿＿＿＿。

A)地球再也忍受不了更多的塑膠袋　B)這是政府的新規定

5. 不是我們不想減少現在5C的學生，而是我們必須減少＿＿＿＿拿5C的學生。

A)一輩子　B)聯考

6. 生命的意義不是當個富人，而是＿＿＿＿。

A)要當別人的貴人　B)當個不缺錢的人

7. 這＿＿＿＿一本寫作書，這是一本讓你變聰明的書。

A)是　B)不是

8. 他＿＿＿＿不回應我打招呼，但我仍堅持繼續對他打招呼，因為我不允許自己成為一個沒有教養的人。

A)可以　B)不可以

9. 你＿＿＿＿討厭臉書，但你不能放棄利用社群媒體改變世界的機會。

A)可以　B)不可以

10. 這世界並不缺乏美，而是缺乏＿＿＿＿。

A)美的作品　B)發現美的眼睛　——羅丹

11. 旅行的目的不在抵達某個地方，而在＿＿＿＿。

12. 真正的說服不是從你的立場出發，而是＿＿＿＿。

13. 真正的愛不是傷害後說愛，而是＿＿＿＿。

14. 教育的目的不在背誦知識，而在＿＿＿＿。

15. 爸！不是我需要一輛新車，而是＿＿＿＿＿＿。

參考解答：（11—15僅供參考）

1. BA 2. B 3. B 4. A 5. A
6. A 7. B 8. A 9. A 10. B
11. 遇見一些人
12. 從對方的立場出發
13. 捨不得傷害
14. 明辨是非
15. 我想要開始盡孝道，載你們遊山玩水

（哈哈，這個答案有點詭辯，大家發揮創意，去說服最難說服的人喔！）

6 有所本的科幻，有產值的奇幻——科幻聯結法

科幻是出自於科學的幻想，科幻作品必須先找到科學的一，然後才能用幻想在後面加無限多個零。沒有提到這個一，所有的幻想都會歸零為幻覺……

「你的女主角為什麼不會死啊？」

「因為她是精靈啊？」

「等等，是哪個神話的精靈？」

「精靈不是都一樣嗎？奇幻小說和電玩裡，不是一堆精靈？」

「不！不！那是別人建構世界中的精靈，你必須先建構自己的世界後，才能創造自己的精靈，然後你就能決定她會不會長生不老。」

「建構自己的世界？」

「對！就像托爾金花了六十年，寫了一本《精靈寶鑽》，去建構《魔戒》和《哈比人》的世界，有了這個架構，精靈、巫師、樹人、和黑魔王索倫的能力才得到合理化。」

「老師，你太誇張了，我才寫幾千字，人家寫幾十萬字耶。」

「不管寫多少字，總要有所本。」

「有所本？要本於什麼？」

「本於歷史啦、神話啦、傳說啦。例如中國最有名的奇幻小說《西遊記》是本於《大唐西域記》、佛經故事與道教傳說。托爾金雖然稱《魔戒》為『神話創作』，但是他也參考大量的語言學、哲學和神話。」

「那《哈利波特》呢？」

「J・K・羅琳也是先參考北歐、希臘和英國的神話，再從中去建立新的架構，例如在《消失的密室》裡，校長鄧不利多養了一隻會浴火重生的火鳳凰『佛客使』，名字Fawkes就是來自希臘神話中的不死鳥Phoenix。而你喜歡的電玩《魔獸世界》，它的整個故事架構，也源於北歐神話，一樣有一場創世之戰，也一樣從『諸神的黃昏』中搞一個末日的設定。」

「好複雜喔，那我改寫科幻好了。」

「科幻更要有所本。科幻是出自於科學的幻想，科幻作品必須先找到科學的一，然後才能用幻想在後面加無限多個零。沒有提到這個一，所有的幻想都會歸零為幻覺……」

「老師，能舉個例子嗎？」

「例如好萊塢電影《星際效應》的五次元，就與二〇一七年諾貝爾物理獎有關，講的都是『重力波』。」

「重力波？天哪！那是什麼？」

「我們生活在三次元空間，加上時間維度，就成了四次元，若再加上了重力，則成了《星際效應》中的五次元。然而這個重力，卻直到近年，科學家找到愛因斯坦的時空漣漪『重力波』後，才被證實。諾貝爾物理獎就是頒給這一群證實『重力波』存在的天文物理學家。」

「老師，其實《星際效應》我有看，看完後，我和同學都哭得很慘。」

「這就是『有所本』的功力。《星際效應》的編劇與導演諾蘭兄弟，找來物理權威當顧問，將匪夷所思的『時空穿越』情節，搭建在時空漣漪的可信架構裡，讓觀眾觀影時，『因有所本的相信』，看得揪心，看得落淚，最後認同『真愛不死，貫穿時空』，感動離場。」

「老師，我大概懂你的意思了，原來上次許多同學寫科幻小說，有人得名，有人連佳作都沒有，就是這個因素。」

「是啊，今年我曾擔任『華夏徵文』的決審，主題是『明日書寫』，四百多篇作品，幾乎都寫科幻。得獎的作品，都和諾蘭兄弟一樣，抓住那細細『可信』的一線，連結自己的奇思，讓作品翱翔在幻想的天空中。可惜的是，許多美文在這次評比中落馬，那是因為少了地面上『科學邏輯』這條線，所以不管想像力的風箏飄飛多高，最後都會戛然墜地。」

「老師，能舉一篇得獎作品當例子嗎？」

「有篇首獎作品是根據商用實驗階段的『核融合技術』，因為核融合燃料是取之不盡的海水，預測未來將是一個乾淨無汙染的年代。還有一篇，作者鑑於今日ＡＩ人工智慧的發展，預測出未來的機器人，可能比人類更有感情。他們的共同點是根據『已知的事實』，預測出『未來的真實』。」

「那有沒有世界文學名著當例子呢？」

「有啊！例如英國作家赫胥黎，對科學無限發展感到恐懼，於一九三二年發表了《美麗新世界》，描寫公元二五四〇年的倫敦，預測了今日成真的試管嬰兒。另一英國作家歐威爾，看到史達林的共產勢力，於一九四九年出版了《一九八四》，預言了充滿監視系統的今日世界。」

「哇！好強喔！以前的科幻小說竟然可以準確預言未來。」

「是啊！你看現在，新科技不斷推陳出新，無人商店已經成真，等到五Ｇ出來後，因為信號延遲低於一毫秒，所有的無人駕駛、車聯網、智慧城市等未來世界，都會成真。但人類耗盡能源，又無法減少ＰＭ二·五的排放，使得臺灣去年肺癌首次登上十大癌症首位。你說，這『已知事實』，能不能預測出『科技毀滅人類的未來真實』？」

「唉！科幻好可怕，還是奇幻來得單純。」

「奇幻現在一點都不單純，它現在已是一國國力的展現。」

「老師，有那麼嚴重嗎？」

「你看《哈利波特》已經被翻譯成七十五種語言，總銷售量超過四億五千萬本。而改拍的電影總票房也超過七十七億美元。我上次去環球影城，也要排一個小時才能看到《哈利波特》。總之，好的奇幻作品，它的衍生性商品大多了。」

「那臺灣是否可以從奇幻文學中獲利？」

「唉……我不知道，但我知道韓國大量拍攝奇幻劇、魔幻劇，像是《鬼怪》、《來自星星的你》、《主君的太陽》、《藍色海洋的傳說》……等，都讓全世界的觀眾買單。連最近的賣座電影《與神同行》，都是本於我們道教的『十殿閻羅』。」

「對齁！我們在這一大堆『幻』中，是否還有機會？」

「當然有！我們的土地是有本的！南島的、中國的、日本的、荷蘭的、西班牙的足跡，都是我們文化的根本，要好好的研究和利用啊！像是何敬堯學長，遍查臺灣自十七世紀至今的史冊，甚至還包含中法戰爭來臺法國士兵的家書，編纂成臺灣最完整的妖怪集《妖怪臺灣：三百年島嶼奇幻誌》。」

「好強喔！這些妖怪可以和其他國家的妖怪一樣，變成電影或電玩嗎？」

「有可能，這位何敬堯學長今年試著讓文學與音樂跨界，發行音樂ＣＤ，還參與遊戲開發，計畫推出臺灣妖怪的電玩。」

「哇！這是不是老師常掛在嘴邊的ＩＰ產業？」

「沒錯，ＩＰ（Intellectual Property）是智慧財產，也是你們智慧可以創造的財產。小說《一九八四》中有一名句『誰控制過去，就控制未來』。所以當書寫未來時，別忘了用心覺察我們奇幻的過去，思考我們科幻的現在，以後才能創造出我們夢幻的未來。」

「呵呵呵，老師，你總是講得超嚴肅，嚇死人了。我會多查資料啦！反正像你說的，有所本再寫，比較保險！」

7 幫你看見差異化——異感情理法

我們從小都太溫馴、太容易說服自己要習慣那眼、鼻、耳、口、與內心的不耐。我們都害怕去碰觸自己與他人的差異，慢慢變形為「被統一的俗人」。最後，我們終於失去了——「看見」的能力……

"Yeah! The city never sleeps!"來自加拿大溫哥華的Christ打開車窗，對著臺中霓光閃爍的夜空大吼大叫。

我看看手錶，才晚上九點半，覺得Christ有點大驚小怪。

"In Vancouver, most stores are closed at this moment." Christ解釋後，我才發覺，經驗的「差異」，會提高「看見的能力」。

如同自己以前在廣告公司接到案子時，第一件事就是根據產品的「差異化」，創造市場區隔，以提升目標消費者「看見」的機率。例如泰山仙草蜜是「本土」草的力量，就請「甘草型」的陳漢典當兩岸品牌代言；而統一茶裏王定價稍高，主打職場白領；定價較低的純喫茶就以「新鮮活力」，切入學生市場。

然而「看見的能力」並非與生俱來，除非我們擁有「差異化思考」的習慣。

例如國中會考作文題目「在這樣的傳統習俗裡，我看見……」，就難倒許多考生，病因是「習焉不察」的慣性。

「習慣」是遮住我們雙眼的大手，讓我們找不到寫作材料。所以可以寫好這個題目的人，一定是「不習慣」的人。

是的，只有「不習慣」的人才可以發現差異；只有「不習慣」的人，可以成為更好的作家。你是「不習慣」的人嗎？請試著回答下列問題，問問自己：

在香煙裊裊的廟宇中，你的眼鼻被嗆得刺痛難耐，習慣嗎？

在謝神的廟埕裡，穿著清涼的女子對神明跳著鋼管舞，習慣嗎？

在送殯的隊伍，職業孝女拿著麥克風，為不認識的死者呼天搶地、痛哭流涕，你習慣嗎？

又或是你負笈他鄉前，你的親人拿著幾張廟裡求來的平安符，一張要你焚燒化水服下，一張要你放在皮夾中，隨時保護你。你習慣嗎？

我們從小都太溫馴、太容易說服自己要習慣五感與內心的不耐。我們都害怕去碰觸自己與他人的差異，慢慢變形為在傳統習俗中「被統一的俗人」。最後，我們終於失去了——「看見」的能力。

要重新開啟「看見」的知能，我們可以用「異感情理法」五個步驟，撥開慣性遮掩的大手。

例如你是那位曾被薰香嗆得睜不開眼的人，你可以如此找到差異化的視角，並得到全篇的大綱：

	異：差異化視角	感：感覺	情：人情	理：事理與物理	法：法律與辦法
描述	每一個人都行禮如儀，只有自己苦不堪言	被薰香嗆得睜不開眼	薰香是人與神溝通的管道	1. 千年傳統 2. 但薰香是致癌物	1. 實施禁香政策 2. 雙手合掌，人情不變，亦是最虔誠的馨香
辯證觀點	負面	負面	正面	負面	負面

所以「在拜拜燒香的傳統習俗裡，我看見薰香對健康莫大的危害」是這一篇文章的破題點；「實施禁香政策，是移風易俗的好方法」，是你的核心論點；「雙手合掌，人情不變，亦是最虔誠的馨香」，是你情理交融的結尾。

寫這一篇文章，需敘述看見的過程，所以它像「敘述文」；需用邏輯提出論點，它像「論說文」；做到情理交融，寫下理中帶情的結尾時，此文又須有「抒情文」的筆觸。

記得現世為文，「純種」的單一文類已不堪用，但「異感情理法」可以幫我們整合一篇「入乎情、止乎理」的佳文，不會掛一漏萬。

我們再以「親人求平安符的習俗」，來將「異感情理法」的大腦心智圖再練習一遍：

	描述	辯證觀點
異：差異化視角	親人從小喝到大，但自己長大後，開始不習慣	負面
感：感覺	喝下符水，非常不衛生、不科學	負面
情：人情	是故鄉神明的祝福，與親人最深的愛	正面
理：事理與物理	1.千年傳統 2.淺嘗一口，亦對身體無傷	正面
法：法律與辦法	雖不習慣，但不反對親人的做法，繼續配合這不科學的「愛的儀式」	正面

所以「在親人求平安符的傳統習俗裡，我看見喝符水的類巫式傳統，非常不適應」，是這一篇文章的破題點；「愛，都不科學」是你的核心論點；「因為理解愛，繼續配合這不科學的『愛的儀式』」是你情理交融的結尾。

四月帶學生參訪德國二週後，我累積了十餘個題目要書寫，同仁問我：「真的有那麼多材料可以寫嗎？」我很有自信回答：「當然沒問題，因為我有『異感情理法』的心智圖！」

試以一德國帶回來的心智圖為例。在漢諾威，我發覺房子最高都不超過五層樓，這和臺灣的都市「差異」太大了，因此我以這個表格向當地人發問，很快就得到了足以成篇的材料：

	描述	辯證觀點
異：差異化視角	漢諾威的房子最高都不超過五層樓，這和臺灣的都市差異太大	中性
感：感覺	感覺天空變大了，天際線變漂亮了，心胸開闊了	正面
情：人情	1.市民都願意配合 2.市民覺得“Old is fashion”夠舊夠有歷史感才夠酷	正面
理：事理與物理	1.要將最高的建築讓給教堂 2.二戰後漢諾威的房子九十%被炸毀，決定蓋回以前的樣子，那時的老房子都不高	正面
法：法律與辦法	1.如果要蓋六層樓或以上，需經過市議會同意 2.又新又高的房子遮住彼此的天空線，也遮住了都市的身世，我們應修法保留老屋	正面

看了三張心智圖，現在該是你練習的時候了。

在謝神的廟埕裡，穿著清涼的女子對神明跳著鋼管舞，你習慣嗎？

在送殯的隊伍，職業孝女拿著麥克風，為不認識的死者呼天搶地、痛哭流涕，你習慣嗎？

不習慣，就開始練習，勇敢表現你的差異吧！

8 二十一世紀「起承轉合」，六秒鐘，決定要不要你——去起手式法

今日的「時代美學」是「由簡馭繁」。美國 The Ladders 公司曾經利用十週，觀察三十位專業人資，結果發現他們平均看一份履歷表，只花六秒……

「把你的自傳改成六張海報！」

「那我這一份自傳要丟掉了嗎！」

「不是要丟掉，是要轉化，要轉成可以吸眼球的形式與內容！」眼前的學生C退伍三個月了，投了二十份自傳加履歷，只獲得二次面試機會，但都未被錄取，決定幫他「診斷」。

「老師，要如何轉化為六張海報？」

「你看你的自傳『內容』全是又臭又長的文字，有基本資料、學歷、經歷、社團參與、得獎紀錄與證照等六大類，採取傳統的散文書寫是ＯＫ的，但因為你想應徵的工作是廣告創意，但你的『形式』卻無創意，這是自打嘴巴。用六張海報，讓人資六秒內就看到你的創意、文案與平面設計能力，替未來的主管省時間，是一種貼心。」

「貼心？」

「是啊！因為忙碌的主管花六秒鐘就能認識你，其他人卻要花費好幾分鐘，才能找到重點，這不是一種加分的貼心嗎？」

「有道理，但為什麼是六秒鐘呢！」

「美國的 The Ladders 公司曾經利用十週，觀察三十位專業人資，結果發現他們平均看一份履歷表，只花六秒，而且大部分時間，目光是停留在第一張履歷表有標題的部分。這是過去的調查，今年我去矽谷時，一家科技公司的人資主管告訴我，從今年起，他們要求的履歷表已從二頁縮到一頁，所以現在看一份履歷表，可能不到六秒。」

C拿了轉化為六張海報的履歷表去求職後，馬上被臺灣前三大的廣告公司錄取。春節前特地回來「報告」一年來的心得，得知他現在已是公司比稿成功率最高的文案，手上常同時承接二位數的案子，是一般文案的五倍。詢問他成為公司最強文案的祕訣？

「我會站在業主的立場思考，在創意與現實間取得平衡。就像老師說的，要知道讀者是誰，才能做到貼心。」C務實的創作觀，與另一位學生鼎鈞的分享極為類似。

去年暑假，就讀麻省理工一年的鼎鈞回臺，請他吃中餐時，發覺他當天中午說的話有條有理，而且竟然比過去三年都要多。我很好奇，問他到底發生什麼事？

「因為一堂寫作課，但這堂課的名稱卻叫做『溝通』（communication）。老師說寫作第一件事是『讀者意識』，也就是思考『你的讀者是誰』，要用讀者能懂的語言敘述或比喻，才能產生『高效能溝通』。我們這學期只寫三篇文章，第一篇是『科普文章』，要寫到市井小民都懂；第二篇是『學術論文』，要讓專家懂；第三篇寫『科學營活動企劃』，要讓家長懂。」

英特爾公司為了讓工程師懂彼此的語言，也做了類似的培訓。

二〇一七年帶學生訪問矽谷英特爾公司時，工程師發給每位學生一盒樂高積木，做好後，要每位學生寫一份作出這個成品的說明書。之後學生交換說明書。若做出的積木越精確，則寫出說明書的那組分數越高。

我好奇詢問工程師：「以為你會帶我們做機器人，想不到竟然是教學生寫一篇『說明書』？」

「寫說明書是英特爾工程師每天都要做的事，若臺灣工程師的說明書寫得不明確，那麼印度的工程師讀了之後，可能會做出錯誤的產品，這將會帶來全球性的災難，所以要成為英特爾工程師，第一件事是學會『站在讀者的立場』去表達。」

二〇一七年五月時，我曾邀請米蘭設計學院的Allen老師演講，談如何寫履歷申請學校，Allen老師談的，與業界的C、麻省的鼎鈞、甚至與英特爾公司的工程師都一樣，談的都是讀者意識：「想想你的讀者是誰？他是時間有限的教授，在看了堆積如山的文件後，他累了。所以去思考，什麼能打開他的眼睛？因此請把最厲害的部分放在最前面（Put the best in the front）！別怕一直談論你自己（Don't be afraid to be too personal），重點是你與這個科系的連結，其他不相關的都要拿掉，這是這個時代的邏輯。」

我在臺下點頭如搗蒜，但也懷疑學生真的能了解嗎？

這幾年很多學生拿自傳給我看，我的意見很一致：「小學得過的獎、國中時當的幹部、哥哥姊姊的資料，都可以去掉，家庭介紹最多兩行，重點是你與申請校系的相關，講重點，不要超過兩頁。」

學生總是捧著十幾頁的自傳，一臉不忍：「這些真的……真的……都要刪掉嗎？」日後再看到學生送出去的資料，發覺包括「哥哥正在當兵、姊姊在當護士」這些「族繁用力備載」的冗文，仍原封不動留著。

除了無言以對，心中更害怕的是，臺灣真的還要鎖國，繼續死抱著這種「自絕於時代的表達教育」嗎？

上學期到一所國中分享，老師拿了一疊學生作文，請我表示意見，看了十多篇後，我不禁抱怨：「為什麼第一段就矇掉了，每一個學生都在替『孝順』下定義呢？」學校老師指著作文前面的「作文引導」：第一段必須說明題目的定義，這樣子觀念才會明確，事理才能顯著……。不好意思說：「蔡老師，是我們要求學生這樣做的。」

我只能訥然苦笑，終於了解，為什麼學生一到高中，交過來的都是這種制式的八股。「其實在這個眼球和手指都在滑動的世代，我們應該藉由作文課教他們現世需要的寫作素養。」我提出一個理論：「這有一點像行銷學的ＡＩＤＡ受眾思考：先勾起注意

（Attention），再引發興趣（Interest），讓受眾有欲望（Desire）繼續閱聽，最後再用文學修辭的『意象語言』，寫下情理交融的感性結論，引發受眾的行動（Action）。」

「那過去的起承轉合要丟掉了嗎？」國中老師提出一個大問題。

「起承轉合還在，只是我們必須丟掉又臭又長的『起手式』。與世界對話，就怕『起手式』還沒打完，對手的重拳早已一記打中我們的心臟。聯考作文是一回事，但用時代的美學，教會學生一生行走的能力，才是更重要的一回事。」

「『時代的美學』是什麼？」

「今日的『時代美學』是『由簡馭繁』。你可以比較一下臺灣與西方的頒獎典禮，臺灣的頒獎典禮還是用起承轉合那一套，頒獎者把整個場子當成自己的，要哈拉『起手』好久，等場子都冷了，時間都用光了，觀眾的臉上都三條線後，才會進入重點；反觀金像獎和艾美獎，頒獎者一開始會先講個笑話，這是引起attention，然後言簡意賅切入重點，快速頒完獎，這是對觀眾、對空間與對時間的貼心與尊重。」

「老師的話，讓我想到Ted Talk。」

「是啊！Ted Talk把以前一、兩個小時的演講，濃縮在十八分鐘內，而且講重點，講故事，也給感動，就可以行銷全世界。然而這些尊重、禮貌與素養，都是必須從小訓練的。」

「難道我們寫十幾年作文訓練還不夠嗎？」

那個下午我沒勇氣回答那位老師，但我知道下一代面對的是「六秒鐘，決定要不要你」的時代，我們的寫作教育要呼應現世，要記得貼心，要記得禮貌，要記得讀者，要記得，先丟掉乏味的「起手式」吧！

9 先求有，再求好——積句成篇法

這個時時有吉光，處處有片羽的年代。創作者必須善用工具及習慣，那是李賀沒有的優勢，那是我們的肥馬輕裘，讓我們可以日日出發，時時錦囊入袋……

一般人對作家的想像，是一個人蝸居書房，或是咖啡廳伏案振筆，待日影抵達另一方桌角，佳篇已得。我想，對二十一世紀多數的文字工作者而言，這是天大的誤會。因為今日鍵盤早已取代指間羽毫，現代人的時間還被切割得更厲害，如果依賴稀少的大塊時間為文，大概只能留下斷簡殘篇。

寫作如烹飪，最重要的是材料的蒐集，升火營炊前的準備時間，才是「關鍵時刻」，我們得靠零碎時間「採買食材」。

寫作始於好奇，因為好奇，寫作者會將與好奇相關的材料，一一收藏。這收藏的時刻，美名為靈感，但這靈光乍現的一刻非常的短暫，常是苦思不得後，沐浴、如廁或入睡前，在你意識最不設防時，猝然來襲。若是當下不記識來路，一刻半晌後，那謬思的大禮，就會像如夢似幻的桃花源，今世不復尋。

中唐詩人李賀收藏靈感的方式即是如此，他不是書房枯坐冥想，而是到戶外尋找靈感。

李賀經常在破曉時，騎著瘦馬，叫書僮背上破錦囊，大街小巷行走、青山碧水遊蕩。偶得佳句，當即寫下，丟入錦囊。黃昏歸家，便衝進書房，整理詩句。李賀母親曾心疼的說：「是兒要當嘔出心乃已爾！」翻成白話就是：「他不把心肝嘔出來，是不會停止寫詩的。」

現代人其實比李賀幸運，不用累得將心肝嘔出，因為有雲端代替錦囊，有語音輸入代替筆寫草草。我自己就受惠現代科技極大，我的習慣是每當心中有想法時，便用E-mail將稍縱即逝的思緒寄給自己。

例如五年前與老友相聚時，聊到一位學生在國外的寫作課拿了零分，因為西方的批判性思考（critical thinking）寫作，不能用臺灣非黑即白的方式，要說出自己的不足，也提出反方的部分優點，再兩利相權做辯證。這樣邏輯才對，也才能得分。於是聊到一半，我連忙拿出手機，打開E-mail，用語音說出：「說服別人時，除了證明自己對之外，也要承認另一方也有對的部分，才有分。」不到十秒的時間，我已經寄信給自己，也建立了一個寫作檔。

三月服貿爭議時，國人互為寇讎，立場一樣非黑即白，不思溝通。於是我常打開那一封信，語音念下日常的快思慢想，再回寄給自己。等到三月底在羅東度假時，深夜在臉書上看見女兒二度回到立院，遂趕快打開這個mail，發現已回寄給自己十一次訊息，複製整理，竟已有一千五百多字。當晚再敲出一千字，寫下「一個野百合父親寫給立法院女兒的一封信」。

這篇文章隔日得到全球華人上萬次的分享，實因為了這個主題，我加入了語言學、波士頓的會議經驗和澳洲的課程等當支撐材料（supporting material）。若非日常的蒐羅，要淩晨瞬間成篇，誠非個人能力所及。

現在除了日常公務外，一個月須寫四個專欄，友人說是特異功能，但我總是搖搖頭，打開自己的E-mail說：「你看，這三十幾封信，就是三十幾個題目，每封信下面都有不少的回信，有的是語音念出的文字，有的是閱讀材料的翻拍圖檔、有的是相關網站連結。要寫稿時，我只要打開其中一封信，就有豐沛的材料，以及積累多時的巧思與靈感。結果真正寫作的時間就可以大幅縮短，品質也可獲得控制。所以啊，寫不出東西、或是沒有靈感，都是藉口，都是『習慣不良』的結果。」

這個時時有吉光，處處有片羽的年代，創作者必須善用工具及習慣，那是李賀沒有的優勢，那是我們的肥馬輕裘。我們可以日日出發，時時錦囊入袋，只要有時間打開電腦，彈指間，縱不能筆落驚風雨，詩成泣鬼神，也可以聲名從此大，流傳必絕倫。

10 文章從哪裡開始，就從哪裡結束——首尾呼應法

很多作文教學者希望學生大量背誦名言佳句，但堆積陳詞套語常是想像力匱乏的示弱。「名言佳句自己造」才是一生帶著走的創作力……

好的文章要有龍頭、豬肚、鳳尾，前後要如常山之蛇，首尾呼應。那要如何呼喊與回應，又要如何在呼應處回音裊裊呢？其實方法很簡單，就是「文章從哪裡開始，就從哪裡結束」。

海明威在《巴黎評論》訪談中表示，他的小說《戰地春夢》（*A Farewell to Arms*）的結尾，重寫了三十九遍，但事實上，海明威的孫子肖恩，在甘迺迪圖書館收藏的手稿中，發現共有四十七種結尾。例如以下兩種結尾，你認為哪一個是最終版？

「那就是這故事的全部了。凱瑟琳死了，你會死，我也會死，這就是我能向你保證的一切。」

或是「在一場戰爭與愛的史詩故事後，男人在雨中離開醫院。」

海明威選擇了後者。大陸將此書直譯為《永別了，武器》，因為Farewell是告別之意。「男人在雨中離開醫院」中的「離開」，就代表告別。書末「告別」了「醫院」，就代表「告別」武器、「告別」死亡、「告別」戰爭。這是結尾對書名的「大海洄瀾」。

這兩年跟自己學寫作的抗癌作家阿布，第一本書大賣，還成了兩個專欄的作家，但在寫作上，「要如何寫出一個帶後勁的結尾？」卻一直困擾著她。

「前後意象呼應即可。」我常這樣回應她。

例如她寫過一篇文章，名為〈時間的海〉。在文章開始，她寫下：

雖然有大起大落的人生才叫人生，但這樣的風浪已經是颱風天的等級！在剛知道右腳不知道何時才能恢復的那段時間，我像躺在一片汪洋上，沒有方向，海浪推我去哪，我就去哪。

在末段她寫下：

我開始學著從床上靠著雙手與左腳的力量將自己移到輪椅上，我開始學著使用助行器去一步一步行走，走去盥洗、走去客廳用餐、訓練左腿的肌力，學著走出家門，在已經沒有辦法回頭的人生，再度開始用力前進。

「你的文章從海開始，」我提醒她：「就應該用海的意象系統結束，這樣才會前後呼應啊。」

最後阿布結尾改為：「在已經沒有辦法回頭的海面，再度向前用力划行。」這「海面」與「划行」不僅提供了畫面感，也與題目「時間的海」精確呼應。

一位國三的學生試著練習一〇二年基測作文「來不及」，他寫下自己因為拖拖拉拉，只好飛車去看電影，結果影途中發生小車禍。到電影院時，已經開場了。等待的同學對他抱怨連連，走進電影院時，又因為眼睛無法適應黑暗，撞到其他觀眾，手上的爆米花灑了一地。最後他因為太勞累，放映到一半就睡著了。

他在最後一段寫下：「我要學會時間管理，否則很多事情都會來不及，也會造成損失。」

看到這種白開水式的結尾，我終於明白為何他模擬考只能拿到二到三級分。「你的結尾為何這麼乾呢？你可以使用前面出現的意象來呼應。」

「老師，不懂耶。」

「你可以使用前面出現過的放映室啦、爆米花啦、電影啦來當結尾。」

「老師，還是不懂。」

「好，我改這樣，你看看。」我拿起紅筆在他的卷上加幾個字，變成了：「我要學會做好時間管理，才來得及走進生命的放映室，優閒地吃著爆米花，看著自己精彩的人生一幕幕上演。」

「哇！完全不一樣了耶。老師，我以後都這樣結尾，至少加一級分。」

這樣應用文中出現過的「名詞」、「動詞」來結尾，就變成「意象呼應」，很容易出現所謂的「名言佳句」。學會了，就是一生帶著走的創作力。

一位高二的女同學，經過多次練習，終於學會「名言佳句自己造」。她覺得自己的祖母付出最多，卻享受最少，有所感寫下：

對我來說她其實有點奇怪。吃飯時不坐餐桌，而是獨自蜷縮在廚房角落的小板凳，一個家裡最大的長輩，卻好像傭人一樣準備我們的三餐、幫我們洗衣服。

阿嬤說在她小時候，女生是不能坐在飯桌旁吃飯的，她和姊妹們只能蹲在旁邊吃番薯籤。那個年代家裡很窮，要讓大人跟男生先吃飽，女生才有飯吃，不然就只能啃番薯。或許是窮怕了，害怕再過那樣的苦日子，她一直都省吃儉用，即使到了衣食無缺的現在，依然會把前一天沒吃完的飯菜冰進冰箱，到了隔天拿出來熱一熱給自己和阿公吃，卻讓我們這些小孩永遠都吃新鮮的飯菜。

她每天騎著腳踏車到小溪邊去洗衣服，年復一年天天如此。冬天的溪水是就算戴塑膠手套還是會抽筋的溫度，而她就這麼任由滔滔的冰冷流過她的手，抹些水晶肥皂，一件一件刷洗我們每日的衣物，有時刷書包，有時刷鞋子，被水流沖走，還得去把鞋子追回來。

多年來，溪邊的幾條野狗死了，洗衣服的婆婆們也死了，追不回來了。而我的外婆仍在小溪邊的石頭旁，從來沒有缺席……

她是我們的臺灣阿嬤，我們承接了她的血脈。

她是我們的臺灣阿嬤，我們不能忘記向她說聲「謝謝你」。

這篇中段出現生動的洗鞋子描寫：有時刷鞋子，被水流沖走，還得去把鞋子追回來。學生應用來寫「洗衣服的婆婆死了」，變成「洗衣服的婆婆走入時間的流水，追不回來了」。

文章一開始出現了另一意象「蜷縮在廚房角落的小板凳」，學生應用這兩個出現過的意象來寫後面的「不能忘記向她說聲『謝謝你』」，結果變成：

她是我們的臺灣阿嬤，我們生命的來處。有空，把她從廚房角落的小板凳拉出來；說些，再不說，會被流水流走的心底話……

從板凳開始，從板凳結束。這首尾呼應的深情，就不會被流水流走了！

8... 7. 6...

11 先找格，才能破格——破格法

我等候，我渴望你：／一粒骰子在夜的空碗裡／企圖轉出第七面……——陳黎

「你不在的第五季冷冷天空沒表情／月亮忘記了陰晴孤獨他抓我好緊好緊……」歌手張韶涵的歌曲〈第五季〉清亮悅耳，連小學生都能朗朗上口，但是這世上怎會有第五季？呵呵，有的，文學上有，我稱它為「文字破格法」。

在指導校刊，看見圖檔死板排列時，我會請他們將人物作去背圖案，這時人物跑出框格，整個畫面活跳了起來，這是破格法。其實漫畫也有將圖案畫出格子的畫法，這也是破格法。

詩人楊佳嫻有經典名句：「有人說，曾經聽見／終南來的波聲溢出畫框」，讓畫框裡的波浪與波聲都溢出畫框，這是極有畫面的破格。文學要破格，第一件事是「找到格子」。例如「季節的格子」是「四」季，第五季就成了一種破格。例如月臺，我們只有第一、第二等整數概念，「整數」就是一個格子，J．K．羅琳創造的九又四分之三月臺，使用分數，又是一種破格。J．K．羅琳打破了現世慣性的框格，激發全球讀者瘋狂的想像力。

其實文字破格，其來有自，因為這個世界的演變，往往超越人類原本設定的框架。例如人有五感，但有太多無以名狀的真實感應，我們只好「破格」稱其為「第六感」。愛因斯坦利用廣義相對論，在人類習慣的三維空間加上時間軸，構成所謂四維空間（Fourth dimension），是一次破格；美國哈佛大學理論物理學家Lisa Randall在核分裂過程中，意外發現突然消失的微粒，和我們所知的科學理論，產生重大矛盾，所以她大膽假設，這些微粒可能就是飛往人類看不到的第五度空間，這空間隱藏得很好，我們看不到，這又是另一個尚未獲得證實，卻開啟人類無限想像的破格。

詩人陳黎的新詩〈小宇宙〉，是他創造的，另一種人類看不到的第五度空間：

我等候，我渴望你：
一粒骰子在夜的空碗裡
企圖轉出第七面

「轉出第七面」，跳出骰子六面的物理框格，表現出與現實奮力一搏的大氣。
另一位詩人嚴忠政，在〈海的選擇和遺忘〉中，一樣用破格打破眾生的想像框架：

整個上午沿臺十一線
走到第九個藍色站牌前面

站牌出現第三個面
那是每首詩都想抵達的遙遠
最早，它也曾經寫進
紙飛機的白色格子裡
比現在早一步
降落夢中的此地

「站牌出現第三個面／那是每首詩都想抵達的遙遠」，讓在現實鐵皮站牌兩面等待的讀者，突然出現更迢遠的等待。最後，那等待，竟然飛進童年紙飛機的白色格子裡，降落夢中的此地。詩人的視角像畫家達利的隨意扭轉，在不同的時空中破格又入格，引導讀者思緒遄飛，飛進每個人的夢境與幻覺，待降落現實，人間有了更可觸及的美好與惆悵。

「文字破格法」是我個人鍛文練字的練習法，也是為我每一篇散文架上翅膀，讓美感可以飄飛的利器。以下是我練習後寫下的句子，大家玩玩看，看看我們是否可以擺脫物理的地心引力，一起打破框架，一同飛翔！

練習：

1. 你是地球上，我永遠仰望的第＿＿＿＿顆月亮。

2. 在威權的政府箝制下，人民只敢在一天的第____個小時說真話。

3. 我是否能在每年的第____個月與你相聚。

4. 對你告白的信，充滿了我寫不出的第____個字母。

5. 要看懂我的畫，請用你的第____顆眼睛看，那是你未曾開啟的心眼。

6. 成功的對話，必須使用你的第____支耳朵，那是菩薩聞聲救苦，慈悲的耳朵。

7. 你需要買一面特殊的鏡子，讓你看見你不敢直視的，見不得人的____。

8. 我是一顆對名利二極不導電的電池，我只對美的第____極導電。

參考答案：

1. 你是地球上，我永遠仰望的第二顆月亮。
2. 在威權的政府箝制下，人民只敢在一天的第二十五個小時說真話。
3. 我是否能在每年的第十三個月與你相聚。
4. 對你告白的信，充滿了我寫不出的第二十七個字母。
5. 要看懂我的畫，請用你的第三顆眼睛看，那是你未曾開啟的心眼。
6. 成功的對話，必須使用你的第三支耳朵，那是菩薩聞聲救苦，慈悲的耳朵。
7. 你需要買一面特殊的鏡子，讓你看見你不敢直視的，見不得人的背面。
8. 我是一顆對名利二極不導電的電池，我只對美的第三極導電。

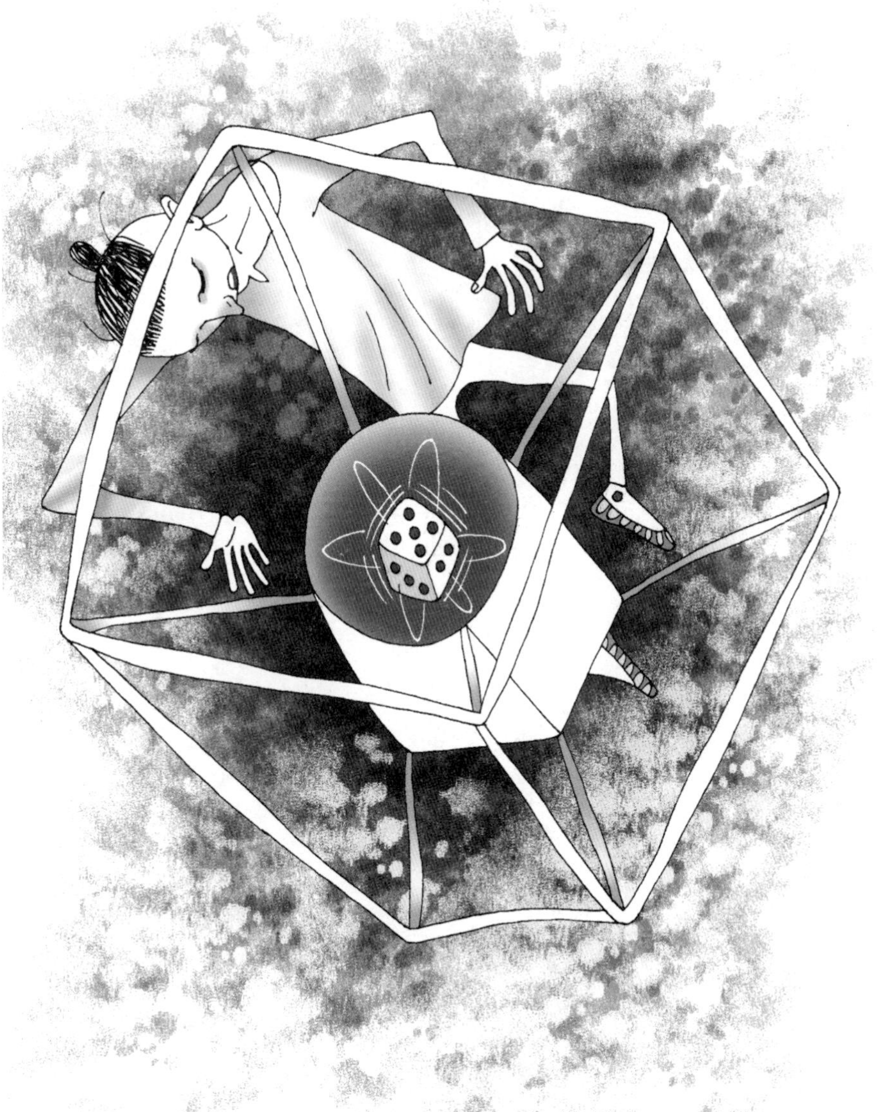

12 被路過的靈感撞到──情境名詞互換法

藝術是「現實變形後的再創造」，當「物品」系統與「人物」系統互換，反慣性視角創造出新的美感……

暑期受邀到一個文學營分享，原先就知道學員的年紀很小，但看到平均十到十一歲的學員，有點不知所措。這下子必須腦洞開很大，才可以在兒童與文學間取得連結。

話說文學起源於生活，創作是一種遊戲，那就來尋找他們的生活素材，用遊戲的方式，引導他們接近文學與創作。

營隊第二天早上，我請一個小女孩敘述早上的經歷。綁著兩個小辮子的小女生，很認真的回答：

小朋友嘻嘻鬧鬧上公車
男生在巴士上推推擠擠
一個女生被推倒在地

另一個女生將他扶起來
老師說，不要把你們的頭手伸出車外
否則會被路過的車輛撞到

小女孩拿出手冊，指著課程表：「我們要學文學、小說與故事、散文寫作、新詩遊戲、歌詞與節奏，好多喔！但是，老師……」小女孩有點憂心忡忡：「最後一天下午要唱我們自己寫的歌，可是我們這一組歌聲不好，也想不出歌詞，沒有靈感。」

「呵呵，不要怕，就把創作當遊戲好了。來我們來玩個遊戲，妳把剛剛講過的文學啦、小說啦、散文啦……這些詞，跟妳剛剛講的事中的人換一換，說不定就是一篇好創作喔？」

「蛤？老師，我不懂耶。」

「就是把小朋友、男生、女生這些字，換成文學、小說、散文。」

「嗯……？老師，是文學嘻嘻鬧鬧上公車的意思嗎？」

「對！對！妳可以找妳的組員玩一玩，中午拿給我看，一起討論好嗎？」

小女生很盡責，真的在每一節下課都找組員寫寫改改，中午很高興的拿著他們的成果過來：

文學嘻嘻鬧鬧上公車
小說在巴士上推推擠擠
一篇散文被推倒在地
一首詩將他扶起
老師說，不要把你們的歌聲伸出車外
否則會被路過的靈感撞到

「哇！你們太強了，好有意思！」
「呵呵，老師，這也算創作喔？」
「當然是，是最棒的創作。」

我沒有跟小學生講的是，兩種系統詞類的互換，會產生陌生感與新的語境，而陌生感會帶來美感，新的語境是創作最重要的元素。

事實上，任何人都可以用不同「情境系統」的名詞，來敘述社會事件，或是自己生活的日常，會發現一首首好詩或是一篇篇佳文，開始在自己的指尖誕生。

例如學生想要描寫二〇一五年一月發生於法國巴黎《查理週刊》總部，導致十二死十一傷的恐怖襲擊案，一開始，學生用分行散文寫出新聞事件的表象：

〈我是查理〉

恐怖分子發出一陣嘶吼
記者們不安的躲藏
漫畫家四處逃竄
槍手拿著AK-47突擊步槍探進頭來
一顆心開始正抓狂
（誰是查理？）
都是，就都打
答答答答
衝向查理
垂死的編輯
躺在地上，還在寫
我是查理

我建議學生將新聞現場出現的「物品」，取代原來出現的「人物」。學生真的認真閱讀新聞報導，並將收集的「物品」系統，換掉原作的「人物」系統，寫出了一篇得獎的作品：

〈我是查理〉

玻璃門發出一陣嘶吼
畫紙不安的吐了吐墨水
線條追著畫筆四處逃竄
AK-47步槍探進頭來
（你為什麼不信我的神？）
準心正抓狂
都是，就都打
（誰是查理？）
答答答答
衝向查理
但斷折的筆桿
躺在地上，還在寫
我是查理

學生的初稿通情達意，但感覺像是新聞報導的簡化版，無法吸睛，也無法進入藝術的殿堂。因為文學是「用B講A」，藝術是「現實變形後的再創造」，當「物品」系統與

「人物」系統互換，反慣性視角創造出藝術的美感，吸引讀者對受難者產生同感。

讀者可以練習用廚房的物品刻畫主婦的辛勞，用辦公室的物品描寫上班族的辛酸，或是用校園裡的物品來凸顯學生的壓力。下列是一些有趣的練習，大家可以玩一玩，說不定一下子就被靈感撞到了！

練習：（填入各科課本，例如音樂課本、物理課本）

〈課本夢遊奇境〉

今天跳進書包
突然忘了自己的名字
國文課本說，記得大作家的名字就夠了
＿＿＿＿課本忘了我的身世
＿＿＿＿課本算不出我的價值
＿＿＿＿課本不懂為何隔壁班的女孩，讓我易燃
＿＿＿＿課本唱不準我心跳的節奏
＿＿＿＿課本說，萬物沒什麼道理的
沒道理，我想跳出這裡
但是地理課本指不出我的方向

趕快問問——課本

下一刻我會不會退化為礦物？

參考答案：

〈課本夢遊奇境〉

今天跳進書包
突然忘了自己的名字
國文課本說，記得大作家的名字就夠了
歷史課本忘了我的身世
數學課本算不出我的價值
化學課本不懂為何隔壁班的女孩，讓我易燃
音樂課本唱不準我心跳的節奏
物理課本說，萬物沒什麼道理的
沒道理，我想跳出這裡
但是地理課本指不出我的方向
趕快問問生物課本
下一刻我會不會退化為礦物？

13 將三十個「動詞」跟「名詞」放進鉛筆盒——發散收斂「動名詞法」

鉛筆盒
拉開生鏽的歲月
一字一句置入光年
你是否聽見，四季
更迭筆管，斷了
墨水，最親暱的證人
用尺衡量青春，太短
橡皮擦像永別
一吹就散的碎屑
鉛筆刀鏤刻誓約，太用力
會製造意外
的想念

塗改無用，暈染
墨水乾涸成詩行
擱置誓言，直到
回憶大聲歌唱
誰？鎖上了
聽不見

這是高一寫作班學生的作品，也是她的第二首習作，她的第一首詩，和其他學生作品命運一樣，九十九％進了垃圾桶。這首詩雖尚有渣滓，但謀句又謀篇，進步幅度驚人，這學習的訣竅是什麼呢？

答案就是：「將三十個『名詞』跟『動詞』放進鉛筆盒。」

意象語言主要由「名詞」與「動詞」組成，我們只要「湊足」意象系統中的「動詞」與「名詞」，就可以去服務不同的主題。然而學生卻不知道生活中的每一個物品，都可以開發出一堆「名詞」與「動詞」，所以我決定走下講臺，找出他們生活中的日常用品。

「你寫保溫瓶！」我指著一位學生桌上的保溫瓶。

「蛤？保溫瓶怎麼寫啊？」

「你寫手機！」我指著另一學生桌上的手機……

「你寫鉛筆盒！」我指著最後一位學生桌上的鉛筆盒。

「老師，你在開玩笑吧，我們桌上有什麼就寫什麼？鉛筆盒要怎麼寫？」

「各位同學不要擔心，現在拿出一張紙，把你寫的東西拆成一堆小名詞，再把這些小名詞可以發出的動作寫出來。」

同學們拿出白紙，彼此納悶互望，但有一部分同學，五分鐘後，紙上出現了一大堆的名詞與動詞。寫保溫瓶的同學，紙上出現了「瓶蓋、瓶身、保溫瓶、減少熱傳導、熱對流、熱輻射、不銹鋼、真空、高強度不銹鋼、雙層結構、內膽、外殼、瓶塞、熱水、冰水……」。

「哇！你一下子寫這麼多，這麼厲害！」

「老師，我哪有辦法一下子想出這麼多名詞？我請教谷哥大神，輸入關鍵字『保溫瓶』，維基百科就出現了這些名詞、動詞。」

「OK，你現在有十五個詞，可以寫任何主題了。」

「任何主題？老師，你太誇張了，要不要你先示範給我們看？」

「好啊！例如愛情、政治、升學、環保，任何一個主題，You name it! 我馬上『玩』給你們看。」

學生有一點興奮，覺得我在吹牛。

「好，老師，用保溫瓶講愛情。」

「關於愛情，我永遠在你的熱輻射之外，你阻擋所有的對流。開口吧！讓我知道你的心，是火燙的，還是冰冷的？」

「對齁，保溫瓶不打開，你不會知道裡面是冰的，還是熱的。」

「好好玩，老師，換講政治！」

感覺學生開始思考了。

「政客是一支支雙層結構的保溫瓶，他說內膽是火熱的，其實他的心是真空的，我們永遠是被隔絕的一群。」我挑幾個學生查到的詞發想。

「哈哈哈，老師恨政治喔！」

「老師，換講升學！」

「我的學校是一支瓶蓋卡死的保溫瓶，不與真實的世界對流，最後，所有的知識都悶壞了。」

「老師討厭學校！呵呵，我要跟校長說。」

「你們不要害我，趕快練習，讓知識對流。對了，今天的練習，算一次小考成績。」

「什麼！」一位愛搞笑的學生說手抱頭，面露痛苦狀：「老師，我是一支知識悶壞的保溫瓶，倒不出任何作品。」

「好！那你繼續悶，等到我倒出成績，會燙死你。好啦，快用心思考，別開玩笑了。」

真的很不喜歡用這種煮鶴焚琴的方式去教創作，但這十年來，學校出現的好作品，九○%都是為了分數寫出來的，常常反思，自己是不是又成為威權式的反教育。今天面對的班，是因應新課綱開設的多元選修班，三十幾個學生自由選修，學習動機歷年來最強，因此非常希望用方法論，幫他們理解天才心智流動的圖像。

其實「創作能不能教」一直無定論，持「天才論」者堅信創作不能教，所以「拈花微笑」式的禪宗頓悟式教學，一直是創作教學的主旋律。

幸好百年來的美學及哲學大師，不斷去建構理論，讓我們了解，美的來處不是玄之又玄。例如德國「接受美學」創始人沃爾夫岡．伊瑟爾（Wolfgang Iser，一九二六—二○○七）提出的「召喚結構」，揭示文學閱讀的心理過程，有藝術的一極（即文本）和審美的一極（讀者）。翻成白話就是，真正的藝術，絕對不能用A講A。例如「我不了解妳」是用A講A，不是藝術；但如果用B講A，「妳是一支不對我開啟的保溫瓶」就是藝術。由讀者B聯想到A的過程，伊瑟爾稱為「美學間隙」。所以一個作者必須挑選精確又富美感的B，讓讀者在連結A的過程中，產生美感經驗。

若作者挑選到適合的B，讀者可以感應到文本的「召喚」，也因此「接受」了美感，文本長成了作品。

我的教學就是一個「挑選B」的過程。例如布拉格學派的創建人，俄羅斯語言學家雅克慎（Roman Jakobson，一八九六—一九八二）以索緒爾的「二軸說」為基礎，將創作「選擇軸」的「對等原則」投射於「組合軸」上。翻成白話，就是「創作是一個選擇的過程」，當我要講愛情時，我要選擇用保溫瓶、背包或鉛筆盒來講，如果用鉛筆盒，又可以從其中挑選出最能「精確對應」作者想法的詞藻，去「組合」成文本。

這堂課過了二十分鐘後，每個學生都在紙上寫下了一堆名詞與動詞。寫「鉛筆盒」的同學看起來疲憊不堪，然而紙上已留下一個表格，上面密密麻麻布滿了她想到的材料，這些材料是她選擇的B，來講她的A，愛情：

名詞	動詞	與愛情對應
鉛筆盒	收藏文具 放進文具 拿出文具	收藏回憶 放進新戀人 拿出舊戀人
拉鍊（金屬）	生鏽 拉開 關上	回憶不容易打開 拉開回憶 關上回憶
筆管	書寫 不斷替換	戀人
墨水	留下字跡 墨漬	記憶（美的？） 愛情的見證人 記憶（不堪的？）

短尺	衡量	愛情的時間長度 尺太短／愛情太短
橡皮擦	擦拭錯誤 留下碎屑	愛情的錯誤（擦得掉？） 愛情不見了？永別了 錯誤碎屑（一吹就散）
鉛筆刀	削鉛筆 桌上刻字 割傷手	刻愛的誓約 愛情的意外
立可白	蓋上錯誤	但愛情的錯誤還在底層
螢光筆	畫重點	愛情的重點
2B鉛筆	畫記號 考試使用	愛情的記號 愛情的分數

學生寫下了三十個名詞與動詞，最後在十個名詞中「選擇」了七個，放入作品的「組合軸」中，隔天交來散文式的文章。我再請她利用利用節奏感，學習新詩「斷與連」的特性，不斷嘗試後，完成了這篇作品，最後幸運得到文學獎首獎的肯定。

這個「選擇名詞與動詞」的過程，是許多文字創作者的創意核心，大家有空可以玩一玩，不僅可以鍛鍊大腦，也一定可以創作出意想不到的好作品！

14 好題怒而飛，不知幾千里也！——結尾命題法

寫文章像養一條魚。要一邊寫，一邊讓這條魚吸取文中意象的養分，最後在結尾時「擺動魚尾」，對「題目魚頭」來個「大海洄瀾」。然後這條魚將會「魚躍龍門」，甚至化為鵬，其翼若垂天之雲，怒而飛，不知幾千里也！

俗云：「題好一半文」，因為題目的優劣，直接影響讀者的第一印象。好的題目須達到「創意十足」、「寓意深刻」、「珠聯璧合」與「統攝全篇」等功效，然而許多作家，甚至包括我自己在內，八成的題目是寫到最後一刻才決定的。

是的，真實的寫作世界，一開始是沒有題目的。相信這對習慣「命題式作文」的學生而言，一定很難理解。這樣的寫法不見得不好，因為寫作又叫創作，有時寫著寫著，會創造出原本沒想到的名詞與動詞，而「名詞與動詞」就是「意象」。

而有了「意象命題」後，文章才能做到「扣題」

「命題式作文」是為了服務考試，因此越模糊越抽象，越容易「放諸四海而皆準」。例如「視野」、「自信的真諦」與「在人際互動中找到自己」，是這兩年國家考試的作文

題目，也成了教室中必須練習的歷屆試題。然而在現世中，相信沒人會有興致邀請這種「四肢僵硬」、穿著「清朝制服」的怪咖作文，參加你二十一世紀的閱讀饗宴。

二十一世紀是視覺的時代，視覺是具象，視覺需要刺激，視覺需要畫面，因此所有好的題目，都必須「創造刺激」與「製造畫面」。

要達到這兩個目標，就必須「用文字畫一張動態的圖」。

例如在獄中服刑的學生文懷，交來一篇名為〈母親〉的文章。下文閱讀後，大家一起想想，如何為這篇文，「用文字畫一張動態的圖」，想出新的題目：

總是帶著靦腆笑容，像個大孩子，不敢相信他已經三十歲了。

小成，○○樹德補校的傳奇，我的獄友兼校友。在國中部讀到三年級，經歷了十三次月考之後，他已準備好收下第十四個第一名。只是，為什麼這樣的小成，會被關在高牆裡呢？

那年小成當完兵，帶著退伍令和結實的肩膀回到家，心想總算可以卸下母親肩上多年的負擔。天未亮，小成就在果菜市場流下許多汗水，然而三小時的工作量只是暖身，緊接在後的隨車搬貨才是真正的考驗——一天三個車次，每車十五噸貨物，是他的日常。

汗水從來不曾白流，小成的努力讓原本困窘的家境漸漸獲得改善。看見兒子的成熟和懂事，母親驕傲得幾乎把魚尾紋都笑進了耳朵裡。眼看著從此過著幸福快樂的日子，偏偏現實人生難以寫出童話的結局。

天要變天至少會先有烏雲，小成的改變卻是讓人措手不及。

因為「好朋友」給小成「伸手牌」的免費毒品，「幫」小成快速忘卻身體的疲憊，小成漸漸上癮，癮頭愈來愈大，花光辛苦一整年攢下的積蓄不說，毒癮上身後好像幾千萬隻蟲子同時啃噬骨頭，辨別是非的靈魂也被咬得奄奄一息。接著，賣毒品賺錢再去買毒品，也變得順理成章。

儘管販毒利潤豐厚，可又有誰能在恢恢法網之下永遠占得便宜？這道理小成明白，只是明白得太晚，非得要十八年有期徒刑的法槌狠狠敲了頭，才真的清醒。

等候執行的日子，小成關上所有的門，只找毒品作伴，一個人在陰暗角落裡慢慢沉淪。那時候若非他母親二十四小時看著他，小成早在進監獄前就先進了地獄。

前幾天，小成的母親和弟弟到監獄會客，他尚未拿起話筒，隔著厚厚的玻璃就驚訝地發現，母親手裡緊緊抓著他寄回家的成績單，然後驕傲地笑開了嘴——那好久不見的魚尾，又笑進了耳朵裡！

我想，是毒品的力量大，還是魚尾擺動的力量大，小成應該已經懂了。

大家是否已經發現，名詞「魚尾紋」與動詞「擺動進耳裡」，可以構成一張「動態的圖」。因此，看完全文後，我將題目改為「笑進耳裡的魚」，很榮幸得到《聯合報》的刊載。

一篇文章其實就是一條魚，有魚頭、魚身與魚尾。而運用文中的意象擴大為「意象系統」來命題，就能達到「扣題」與「呼應」的效果。甚至因為「象的放射性」，產生餘韻無窮的結尾。

下次寫文章時，記得你正在養一條魚。要一邊寫，一邊讓這條魚吸取文中意象的養分，最後在結尾時「擺動魚尾」，對「題目魚頭」來個「大海洄瀾」。然後這條魚將會「魚躍龍門」，甚至化而為鵬，其翼若垂天之雲，怒而飛，開始對人類乾枯的思考，翻雲，覆雨。其航程，不知幾千里也！

15 從塵埃裡開出一朵花來——虛實互換法

雖然張愛玲的「全心全力」只換來「半生回憶」，但才女傳世的四句悱惻情話，仍是天下小女子纏綿的告白……

一九四四年上海，三十八歲的胡蘭成第一次瞥見張愛玲的相片，張愛玲小心取出，在背後款款題字：「見了他，她變得很低很低，低到塵埃裡，但她心裡是歡喜的，從塵埃裡開出花來。」那是二十四歲的張愛玲送給胡蘭成的定情語，委婉雅致，卻是一生託付。

張愛玲十四歲時，父親娶了繼母，她和弟弟開始在繼母虐待下長大。十八歲時，張愛玲與繼母和父親發生口角衝突後，離家出走投奔生母。二十四歲時，已發表《傾城之戀》與《金鎖記》等作品的張愛玲，在淪陷時期的上海結識時任汪政權宣傳部次長的作家胡蘭成。

那時國不國，家不家，父不父，顛沛飄零的才女，「於千萬年時間的無涯的荒野裡，沒有早一步，也沒有晚一步，於千萬人之中」，遇見了一個自信偉岸的男子，她決定用盡「全身的力氣」去愛他。但那樣靜好的燕爾歲月，不過人間安穩數月。

隔年日軍投降，親日的胡蘭成逃亡並另結新歡，張愛玲終於明瞭：「愛情可以填滿人生的遺憾。然而，製造更多遺憾的，卻偏偏是愛情。」

張愛玲透過小說《心經》中許小寒之口說出：「一個女人決不會愛上一個她認為楚楚可憐的男人。女人對於男人的愛，總得帶點崇拜性。」雖然張愛玲的「全心全力」只換來「半生回憶」，但才女傳世的四句悱惻情話，仍是天下小女子最「崇拜性」的纏綿告白。

這四句告白分開看，似乎平淡無奇，但合起來後卻瑰麗神奇。如果我們瞭解這四句「虛實互換」設計之精巧，會服氣為何張愛玲是永遠的民國第一大才女。以下是這經典四句「虛實互換」的幻變過程：

（虛）見了他，她變得很低很低：崇拜他的才「高」，對應自己的感覺「低」位

（實）低到塵埃裡：用現實世界中最低下的實體「塵埃」，來對等感覺的「低」位

（虛）但心裡是歡喜的：心中的感覺

（實）從塵埃裡開出花來：「塵埃」是泥土的最小單位，泥土開花＝心裡歡喜

現在我們進入民國第一大才女的心智圖了，我們是否有可能藉由模仿她的心智模式，也寫出一樣令人驚豔的佳句呢？下句是我的仿寫：

（虛）得了獎，他變得很高很高：高興的「高」度

（實）高到白雲裡：用現實世界天空中的「白雲」來對等

（虛）但內心是感動的：心中的感覺

（實）從白雲裡下起雨來：「白雲」是小雨滴的組成，下起雨＝內心感動

我們來練習看看，就會發覺，模仿天才，真的沒有十分像，也有三分樣。而這從零分到三分的過程，就是我們創作心智開始異於凡人的開端！

練習一：

（虛）面對滿堂的觀眾，他的思緒飄得很遠很遠

（實）飄到大漠裡去

（虛）但他很快定下心來

（實）從大漠裡長出一座＿＿＿＿＿來

練習二：

（虛）騎上單車，回憶變得很長很長

（實）長到母親的針線裡

（虛）但內心是溫暖的

（實）從針線裡＿＿＿＿＿＿＿＿

練習三：

（虛）經歷一連串的失敗，世界變得好酸好酸

（實）酸成一顆檸檬

（虛）但＿＿＿＿＿＿＿＿

（實）＿＿＿＿＿＿＿＿

張愛玲是譬喻大師，她總能以日常萬物，精確類比各種難以名狀的感覺。單以動物類比，她把「從竹簾子裡面篩進來的滿地斜陽」比喻為「一條條金黃色老虎紋」；把「太陽晒在腳背上的溫暖」比喻為「一隻黃貓咕嚕咕嚕伏在腳上」。甚至相同的生物，透過不同的處境，也能對照出人生的無奈，例如〈茉莉香片〉一文：「她不是籠子裡的鳥。籠子裡的鳥，開了籠，還會飛出來。她是繡在屏風上的鳥——悒鬱的紫色緞子屏風上，織金雲朵裡的一隻白鳥。年深月久了，羽毛暗了，霉了，給蟲蛀了，死也還死在屏風上。」

下列是張愛玲其他以動物譬喻的名句，來試試你是否與才女「英雌所見略同」：

練習四：生命在你手裡像一條迸跳的＿＿＿，你又想抓住它又嫌腥氣。

練習五：生命是一襲華美的袍，爬滿了＿＿＿。

練習六：每一隻＿＿＿都是從前一朵花的精魂，是花的前世來會見此生。

參考解答：

練習一：

（虛）面對滿堂的觀眾，他的思緒飄得很遠很遠

（實）飄到大漠裡去

（虛）但他很快定下心來

（實）從大漠裡長出一座綠洲來

練習二：

（虛）騎上單車，回憶變得很長很長

（實）長到母親的針線裡

（虛）但內心是溫暖的

（實）從針線裡織（縫）出一件幼時的毛衣來（內心溫暖＝幼時的毛衣）

練習三：

（虛）經歷一連串的失敗，世界變得好酸好酸

（實）酸成一顆檸檬

（虛）但內心是堅定的

（實）立志從檸檬榨出香甜的檸檬汁來

練習四：生命在你手裡像一條迸跳的魚，你又想抓住它又嫌腥氣。

練習五：生命是一襲華美的袍，爬滿了蚤子。

練習六：每一隻蝴蝶都是從前一朵花的精魂，是花的前世來會見此生。

16 將動詞的主權還給萬物——萬物作主法

我與時間穩定交往中。但是，時間已讀不回，這讓我很焦慮。——李進文

每個人都自認是丈量天地的一把尺，是派遣萬物的主人，卻不曉得與日月山川相比，我們紅塵一遭，不過是星光一瞬，因此，當我們在文字的世界，將這把尺還諸天地時，會因為縮「小」自身，而重新照見長河落日的壯闊。

世上許多災難，其實都是人類過度自「大」造成的，例如氣候的變遷，例如被我們重新配置的陰陽五行。就像那夜的高雄，地底塞滿依人類意志行走的氣體，但我們的意志一遲疑，人類就要被五行重新配置——那夜氣爆，三十二軀生靈瞬間陰陽相隔。

所以我為那夜寫下句子，決定將動詞的主導權，都還給港都萬物：

馬路一玩起火的接龍……
就把時間關掉，你的弟兄手牽手
紛紛跌落輸送經濟的斷崖

每個名字都被烙進地底
雲和浪都嚇哭了

我讓馬路玩火的遊戲，讓遊戲關掉人類的時間，也讓雲和浪替我們哭泣。這樣讓「萬物作主」的寫法，在童詩中最常見，因為兒童未失赤子之心，認為萬物有靈，童言童語，盡是童真與魔幻。我們試讀一首臺灣一九五〇年代的童詩：

〈美麗島〉（節錄）／楊喚
有藍色的吐著白色的唾沫的海
小心地忠實地守衛著，
寒冷的冰雪永遠也不敢到這裡來。
有綠色的伸著大手掌的椰子樹
緊緊地拉住親愛的春天，
美麗的花朵永遠成群結隊地開。

這首詩的作者楊喚，是臺灣兒童詩的先驅。楊喚兒時常受繼母虐待，十七歲時父親病故，但他總能跳脫生活的悲情，以童真的心創作。他於一九五四年過世時，年僅二十五歲，卻為人間留下了一首首純真可愛的童詩。

在這首〈美麗島〉中，我們看到萬物都有了靈魂，你看藍色的海吐著白色的唾沫，椰子樹伸著綠色的大手掌，緊緊地拉住親愛的春天，甚至美麗的花朵，還會成群結隊一起開放。楊喚讓萬物反客為主，鬆動讀者陳舊意識，也迎接宇宙新意的降臨。

年輕詩人然靈的詩句，一樣喜歡讓萬物當主詞，因此童趣鮮明、輕巧絜靜：「因為有鳥／所以天空蹲得很低」、「雲啊！你要把天空開到哪裡去」、「雲會不會將自己揉成一張紙屑／丟我」、「讓畫爬出方形的結構／到窗外呼吸語言」。

天空蹲低、雲開天空、畫到窗外呼吸，世界因為動詞的錯置，美感開始爬升，解放了我們最原始的純粹與美好。

一般人瞧不起童詩，其實詩只分好壞，不分年齡。詩人林德俊說：「詩是童年派來臥底的。」這告訴我們，向童年學習，是練習新詩意象語言的捷徑。

中生代詩人嚴忠政與李進文，是個人認為利用「萬物作主法」收編意象兩端，為華文展演最多想像空間的兩位大師。例如嚴忠政讓萬物翻譯、狂奔、還占我們的床，因此有了溫柔多情的生命：

草坪可以是天空的翻譯員
因為遼闊

童言童語就能狂奔（〈科博館〉）

夏天不占床

青春又瘦又黑（〈七月條件〉）

我們再來細讀李進文新書《微意思》中，以日常見非常，於平凡中造非凡，又於異感中尋通感的名句：

我與時間穩定交往中。但是，時間已讀不回，這讓我很焦慮。（〈穩定交往中〉）

眼淚太累，就打起瞌睡，咚地從臉頰摔下來，連骨折聲都珠圓玉潤啊。（〈另一種傷心〉）

時間已讀不回，眼淚打瞌睡、摔下、骨折，這樣讓萬物作主的手法，雖然悖反常態，卻從自然中，創造出第二個更有感的自然。

要練習這樣渾然天成的佳句，最簡單的方式，就是拆解重構原句的主詞，讓萬物去使用人類的動詞。

例如「下課了，小朋友紛紛離開桌椅，快樂地交換假期的趣事」。找到句中的事物「桌椅」，就可以改為「下課了，桌椅快樂地交換假期的趣事」。

又如「我慢慢站起來，有了勇氣」，事物是抽象的「勇氣」，就可以改為「我的勇氣慢慢站起來」。

再如「在陽光中，我踩著小碎步走向學校」。句中的事物是陽光，就可以改為「陽光踩著小碎步走向我」、或是「陽光踩著小碎步走向學校」。

「萬物作主法」的練習不是只為了新詩文類，而是每一種文類都需要的基本功。我們常說，每一篇散文都在等一句詩，這句詩是皇冠上的珍珠，沒有新詩閃爍的散文，就會從皇冠退化成一頂乾枯的草帽。所以任何寫作者的大腦，都必須有張「萬物作主」的心智圖，期許大家完成下列的練習後，活化的文字都能長大成「萬物之主」！

練習：

1. 快樂的暑假，小朋友在森林裡大聲唱著歌。

   快樂的暑假，＿＿＿＿＿＿＿＿。

2. 春風中，小朋友在公園快樂的盪鞦韆。

   ＿＿＿＿＿＿＿＿。

3. 騎著單車回到以前的幼稚園，腦中充滿美好的回憶。

   ＿＿＿＿＿＿＿＿。

4. 拿起原子筆，我說出了好多不敢說的心事。
____________________。

5. 上課鐘聲響了，許多小朋友還逗留在球場，不肯進教室。
____________________。

6. 我失敗了，但老師牽著我，告訴我如何走向成功的道路。
____________________。

7. 我十七歲寫完這枝筆
這枝筆____________________。

8. 我整個暑假滑手機
手機____________________。

9. 我昨晚打開日記本，告訴自己不要放棄
____________________。

10. 午後陽光中，老師賣力的寫板書，掉落許多粉筆灰，但學生們都昏昏欲睡。
____________________。

11. 週末午後，村裡的老人家在大榕樹下的土地公廟旁下棋、話家常。
____________________。

12. 午後陽光中，老人家慵懶的坐在大榕樹下，覺得睏了，打起呵欠來。
________________________________。

參考解答：

1. 森林（在小朋友心中）大聲唱著歌。
2. 春風在公園快樂的盪鞦韆。
3. 回憶騎著單車，回到以前的幼稚園。
4. 原子筆（拿起我）說出了好多不敢說的心事。
5. 上課鐘聲還逗留在球場，不肯進教室。
6. 失敗牽著我，走向成功的道路。
7. 這枝支筆寫完我的十七歲。
8. 手機滑掉我的整個暑假。
9. 日記本昨晚打開我，告訴我不要放棄。
10. A）老師賣力的寫板書，午後的粉筆灰都昏昏欲睡。
B）午後陽光賣力的寫板書，但粉筆灰都昏昏欲睡，慢慢掉落。
11. 週末午後，大榕樹與土地公下棋、話家常。
12. A）慵懶的午後陽光覺得睏了，大榕樹打起呵欠來。
B）大榕樹覺得睏了，慵懶的午後陽光打起呵欠來。

17 天若有情天亦老，寫「物」是為了寫人——「賦比興」的類比威力（一）

詩人斷二十五琴弦，裂分為五十弦，實以「斷絃」之永隔來悼念亡妻；那一弦一柱，思念的，當然不是古瑟，而是詩人過去的華年……

大考中心國寫參考試卷，節錄洪素麗的散文〈瓷碗〉為題引，作近代散文星圖北極。洪素麗文字雅致，結構嚴實，節奏清晰。究其布局調度，實「賦比興」之章法收其功。

宋代朱熹說：「賦者，直陳其事；比者，以彼狀此；興者，托物興詞。」且看大考中心六百零六字的〈瓷碗〉節錄，是否與朱熹微意相符：

我找尋的是美麗的、家常的用品，可是近十年來，在國內總找不到美麗的瓷碗可賞玩。市場上堆的白底閃金字，寫福祿壽喜字樣的瓷碗，總覺趣味全無。用那樣的碗來裝飯，那飯恐怕也不香罷？早期臺灣碗，繪有公雞、魚、蝦、蘭草的粗碗，素樸可愛，是工匠們隨意的創造，那樣的碗裝了飯，配幾道小菜，令人舉箸前想誠心合十膜拜一下。樸素大方的瓷碗，即使空空地擺在揩淨的桌案上，也使人有焚香靜坐、豐裕生活的平安歲月底遐想。

我於是在店裡挑了兩只比平常飯碗稍大的青花瓷碗。怎麼描述它們呢？兩只都是青花色，一只是手繪的，筆致落拓，草花離離；另只是印花的，像印花布，碗內折曲斜線劃出兩種不同的花樣，像花青色日本和服腰下綁一條靛藍紋帶。碗背又是另一種更細碎的草花均勻灑開。三種花並繪於一只碗上，並不覺得錯綜繁複，仍是簡單、明快而淨美。

晚上我一邊做菜，一邊頻頻轉過頭來欣賞洗淨擱在飯桌上的兩只新碗，溫潤的青花碗，像水裡長出的兩朵青蓮，自己散著若有似無的幽香。那頓飯，我做得比往常興會漓漓。

川端康成有一極短篇小說，大學時讀過，至今不能忘記。全文大概只有五百字，寫一個即將離開港都遠去他鄉求職養家的男子，離家之日，沉靜的妻子默默在廚房裡做飯送行，不小心打破了一只碗，男子獨坐另室，聽到碗落地的清脆撞擊聲。離鄉之後，謀生不易，東飄西蕩，賺到一點錢又去買醉，每回醉醺醺回到客居小室時，拉開紙門，耳旁便響起瓷碗落地的聲音哐——啷！

這只摔破的瓷碗，多年來一直在我心頭供著。

（節錄自一〇七年學測國寫參考試卷）

〈瓷碗〉共分五段，一至三段以生活經驗扮演「直陳其事」之「雜賦」。第四段是「以彼狀此」的「類比」：作者援引川端康成的短篇小說，以摔破的瓷碗，來比喻本文真正的主題「愛情」。第五段短短的「多年來一直在作者心頭供著」，則是「托物興詞」的「感興」。

天若有情天亦老，因情而老的不是天，是人。因為文學就是人學，所以古今大凡以「物」為題的篇章，主題都非鴻門宴所舞之劍，主題當然是劍花指向之處——人。就像屈原拿橘子來說自己。試讀二千多年的〈橘頌〉：

后皇嘉樹，橘徠服兮。
受命不遷，生南國兮。
深固難徙，更壹志兮。

虛寫橘子特性，實寫南橘北枳，詩人生南國，死南國，對家國之情深固難徙，至死不渝。

再讀看唐代李商隱〈錦瑟〉：

錦瑟無端五十弦，

一弦一柱思華年。

〈錦瑟〉當然不是樂器白描。詩人斷二十五琴弦，裂分為五十弦，實以「斷絃」之永隔來悼念亡妻；那一弦一柱，思念的，當然不是古瑟，而是詩人過去的華年。

一般人寫作習慣以A寫A，「有賦無比」，真則真矣，但缺乏美感，如同缺乏調味的一盤菜，令人難以下咽。我們就必須用B講A「以彼狀此」，在類比中，讓比喻脫離原有的現實，又回到讀者轉譯比喻的現實，而這一段離去又回來的距離，就是美學大師伊瑟爾所言的美學間隙，是距離產生的美感。另一位美學大師黑格爾說：「真和善只有在美中才能水乳交融。」因此，若我們想要將文字進化為文學，賦比興「以彼狀此」的「類比」，不僅是捷徑，有時是唯一途徑。

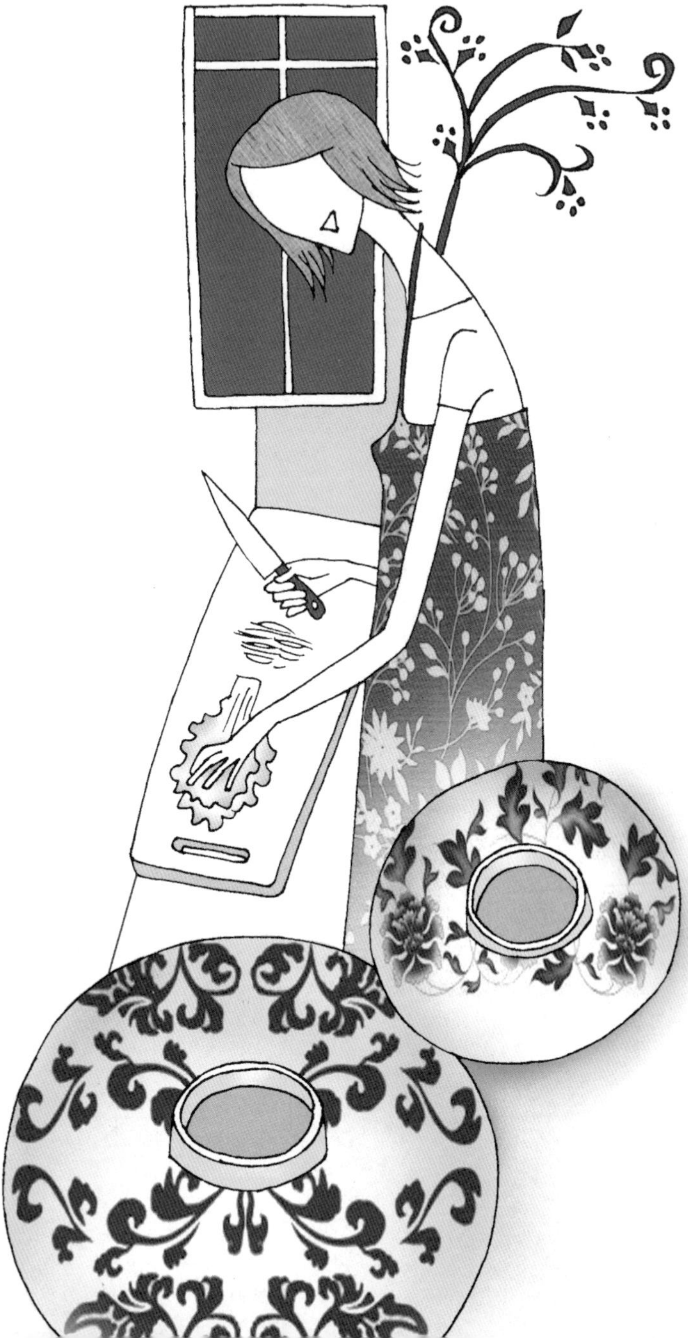

18「發散性思維」與「收斂性思維」的練習——「賦比興」的類比威力（二）

如果我們可以學習紅杉樹，讓彼此的樹根在地底下手牽手，互相保護，那我們的國家一定可以抵禦上千年的風雨……

「抒情文」的類比，有時是「因情覓物」，有時是「見物生情」。不管是前者還是後者，都需要作者對「情」與「物」做「發散思考後的收斂」。例如學生若要在「瓷碗」與「愛情」二者間尋找相關，就必須從瓷碗的各種特性，做「無選擇性」的「腦力激盪」，也就是「想到什麼就寫下什麼」的「發散式思考」。

例如我們可就瓷碗的外觀、功能性、物理性、與文化性來寫下特色。我們會發現「瓷碗」的外觀是「精緻美麗」，功用是「日常食器」、物理性是「歷經高溫」與「易碎難修」、文化性是「源於東方」……等。

至於「收斂思考」則是「有選擇性」的相關類比。我們必須將這些特性收斂剩下與「愛情」有共通性的相關。然後我們會發現「精緻美麗」、「夫妻日常」、「食色性也」、以及「易碎難修」可以互作類比。

所以最後一句的感興——「多年來一直在作者心頭供著」。心頭供著的，顯然不是一只破碗，或只是一陣瓷器破裂聲，而是對人間愛情「易碎難修」的不捨——曾經的情愛，再怎麼精緻美麗，一旦碎裂之後，沒有人再能合掌捧起，時間留下的，唯有當年青春心碎的聲音。

然而這樣既「發散」又「收斂」的思考，需要作者「感性」與「理性」兼具。如同黑格爾所言：「美是理念的感性顯現……理性的最高行動是審美行動。」「物品」發散之理，即是「物理」。但若懂得物理，卻對人情無感，則無法「見物生情」；反之，若對人情有感，卻不識萬物之理，則無法「因情覓物」。

明朝第一國士于謙，理性感性兼具，不到二十歲時，到一座石灰窯前，觀看石灰工匠燒石灰，見到青黑色的山石經過烈火焚燒，都變成了白色的石灰，跟自己「剛正不阿、潔身自愛」的人生追求極為類似，因此「見物生情」，寫下七絕〈石灰吟〉：

千錘百鍊出深山，
烈火焚燒莫等閒；
粉身碎骨都無怨，
留得清白在人間。

本詩表面描繪石灰製作的過程，但也精確類比一生情懷。于謙最後慘遭構陷，「粉身碎骨」被斬於北京西市，但後世丹青之筆讓他「留得清白在人間」。

「賦比興」的核心──「類比」的「發散收斂」能力，需要日常的觀察，更需要練習才能建構出「發散收斂」的大腦神經網絡，寫出「情理交融」、「格物致知」的有情人生。

例如今年一月，就讀麻省理工大二的學生鼎鈞回臺度假，聚餐閒聊時，我有所感地告訴鼎鈞：「其實人類的知識是As One，文學與物理共通，你相信嗎？」

「好喔！老師，我們來玩玩。」鼎鈞覺得有趣。「我最近正在校正一個以色列科學家發明的儀器，這個儀器是為了測出光子的數量，最後的應用甚至可以說明宇宙的起源。」鼎鈞開始出題：「所謂『光子』，就是『電子』與它的負粒子『正子』撞擊後產生的粒子，老師要如何用文學來比喻這個科學現象呢？」我以物理發散、再收斂人性相關後回答：「怕撞擊的人，不會有光；勇敢撞擊負能量，才能為世界發光。」

「哈哈，老師太厲害了，就科學而言，完全說得通。我這裡還有一個我剛讀到的理論。老師知道量子力學的『海森堡測不準原理』嗎？」

「聽過。」

「這個原理表明，粒子的位置與動量不可同時被確定，也就是說，沒有絕對的真空，連真空都有動能。老師如何連結呢？」

「沒有絕對的真空，連真空都有動能。」這太帥了，宗教入定追求空，想不到物理學卻告訴你，沒有絕對的真空，因為你的下一刻，心又再動了，所以當下我試著連結：「人不管如何修行，都不可能處在絕對靜止的空，人只有動態的不斷修練，才可能處在最接近佛教『空』的狀態。」

「哇！老師，我好像聽懂了什麼，也感覺我有向其他知識類門連結的可能喔。」

其實像這樣的練習，隨時可以進行，例如這幾年我會帶學生閱讀科學雜誌，練習「賦比興」。

一位學生讀完介紹竹子的文章後，寫下：「竹子用了四年的時間，僅僅長了三公分，在第五年開始，以每天三十公分的速度瘋狂的生長，僅僅用了六週的時間，就長到了十五米。可見萬事起頭難，像我學習英文時，單字不管怎麼背都會忘記，但相信只要我和竹子一樣，堅持下去，有一天，我也可以像竹子一樣突飛猛進！」

還有一位學生讀到美國紅杉樹，知道這些世界上最高的樹木群，雖然根不深，卻可以長到一百餘米，三千年不倒，原來是因為樹根糾結在一起，互相支援，除非剷掉整片森林，否則動不了一株紅杉。學生讀完後「見物生情」，寫下了：「除了原住民外，臺灣各族群在臺灣的根都很淺，但現在看到許多族群在選舉時都想拔掉對方的根，讓臺灣的經濟與政治處在風雨飄搖的狀態，如果我們可以學習美國的紅杉樹，讓彼此的樹根在地底下手牽手，互相保護，共同生存，那我們的國家一定可以團結力量大，長得最高，抵禦上千年的風雨！」

日前邀請歐陽立中老師與同學分享時，立中老師要求同學用車輛來介紹自己，發覺這是一個練習「發散收斂」思考的好方法，例如同學如果形容自己是火車，發散思考時，會想到火車的各種特性，例如一列接一列、有一定軌道、在固定的車站停留、一開始很慢但最後加一點油就很快、準時抵達……等，尋找自己的個性類似點時，就可以收斂出：

一列接一列＝喜歡朋友在一起／願帶大家一起前進

有一定軌道＝生活規律／婚姻不出軌

準時＝重承諾

固定車站停留＝喜歡老朋友

一開始很慢＝先天受挫但努力

最後很快＝爆發力十足

那如果是腳踏車呢？你可能會想到不需燃料用腳踩、速度慢、遭受風吹日晒雨淋、可抵達任何地方、可與你共騎……等。又可以連結出那些個性相關呢？如果你是救火車、消防車、垃圾車、超跑、休旅車，你可以如何「發散收斂」思考來訓練你自己呢？如果自我介紹用的是電器，你像哪一種電器？如果要用一種植物來介紹你的親人，你可以用哪一種植物介紹哪一位親人呢？

「發散收斂思考」是用「賦比興」寫出一篇佳文的的核心能力，同學下次寫文章時，記得先寫下「發散收斂」的類比心智圖，不用幾次，你一定可以擁有超強邏輯的寫作大腦！

19 在琴弦上賽車——雜揉法

琴弓緊緊貼著四弦跑道，壓低過彎，加速，再以右手頓弓變檔，全力衝刺第一線道，整段皆以跳弓的方式呈現，再以左手撥弦的方式帶掉油門的殘響，弓與弦的交戰一發不可收拾，時速二百五十公里，慣性飄移，一路衝破至終點……

二十一世紀初的華語新詩夜空，半年內連殞余光中與洛夫兩顆巨星。兩位詩人都是學貫中西的外文背景，所作淺顯易懂的詩行屢被選入課本，然而兩人熱衷文字的實驗，許多「可感、不可解」的佳篇，卻無法入更多讀者慧眼，殊為可惜。

余光中曾說：「我倒當真想在中國文字的風爐中，煉出一顆丹來。在這一類作品裡，我嘗試把中國的文字壓縮，搥扁，拉長，磨利，把它拆開又拼攏，摺來且疊去，為了試驗它的速度、密度和彈性。我的理想是要讓中國的文字，在變化各殊的句法中，交響成一個大樂團，而作家的筆應該一揮百應，如交響樂的指揮杖。」

然而，余光中指揮功力太強，讀者只聽見磅礡的合聲，卻聽不出詩人如何巧妙「雜揉」不同的樂器。

洛夫之詩亦是大音希聲。早年服膺超現實主義的洛夫，表現手法近乎魔幻，被詩壇譽為「詩魔」，連陳芳明教授都說：「過了四十歲後，嘗盡漂泊流浪的滋味，才看懂洛夫的〈石室之死亡〉。」

其實學習創作，讀詩是最佳捷徑。因為好的小說、散文、歌詞與雕塑、繪畫，一定要有「言有盡而意無窮」的「詩質」。

然而讀詩，是學創作最快，也是最慢的方式。

學詩最快，因為詩可提供嶄新的視角，一個視角，就足以撐起一篇散文；學詩也最慢，因為詩是斷與連的邏輯，句斷意不斷，邏輯都在，只是慣性思考者，難以在虛無飄渺的蒙太奇剪接中尋到線索。難怪新詩一直被讀者獨棄廣寒，被歸為「貴族文類」。

想要一窺新詩堂奧，建議可以從余光中與洛夫語法中的「雜揉」開始。我們先來看余光中〈守夜人〉中的一段：

五千年的這一頭還亮著一盞燈
四十歲後還挺著一枝筆
已經，這是最後的武器
即使圍我三重
困我在黑黑黑無光的核心

繳械，那絕不可能
…………
壯年以後，揮筆的姿態
是拔劍的勇士或是拄杖的傷兵？
是我扶它走或是它扶我前進？
我輸它血或是它輸我血？
都不能回答，只知道
寒氣凜冽在吹我頸毛
最後的守夜人守最後一盞燈

這首詩用「戰爭」與「寫作」兩種意象系統雜揉，彼此指涉，成為互文。所以四十歲後還挺著的，是一枝筆，也是一把槍；不可能繳的械，是槍也是筆；而守夜人守的最後一盞燈，是詩人的祖國，也是文學。

余光中巧妙的「雜揉」，讓兩種意象系統「攙扶前進」、「彼此輸血」，語言符號展演空間擴大，讀者美感經驗，比附延長。

我們接著來欣賞詩人洛夫最膾炙人口的作品〈雨中過辛亥隧道〉中的第一段：

入洞
出洞
這頭曾是切膚的寒風
那頭又遇澈骨的冷雨
而中間梗塞著
一小截尷尬的黑暗
辛亥那年
一排子彈穿胸而過的黑暗
轟轟
烈烈
車行五十秒
埋葬五十秒
我們未死
而先埋
又以光年的速度復活

這段詩行用「辛亥隧道」與「辛亥革命」兩種意象系統雜揉，彼此召喚，互為經緯。「入洞，出洞」是隧道，更是子彈入身，青春肉身化為碧血黃花的生死一瞬；「轟轟、烈烈」是革命的壯闊，也是車行隧道的狀聲詞；而「埋葬」又「以光年的速度復活」的，是駕駛，更遙祭那死而不亡的先烈精魂。

「雜揉」若用於散文，亦可幫文字飄飛，讓承載的意義更富「生產力」，學生C便是由此技習得寫作之妙。

C自幼習琴，想在高中畢業前紀錄半生琴緣。在C中請上大學後，鼓勵她動筆，第一次書寫，交來清湯白描的文字：

我讀音樂班長大，主修小提琴，卻曾對它失去信心……

我年少輕狂，宣洩外在豐沛情感的最佳方式就是音樂，因此柴可夫斯基帶來的溫暖、纏綿、惆悵、幸福，成了最憧憬的曲目。然而縱使拉過巴哈所有的快板，我依然無法演奏出他的靈性與清明，在弓與弦的交戰中，我甚至一度想棄械投降……，但靜下心來思考後，我慢慢體悟到：巴哈的音樂其實很單純，很透析人性，想要奏出純淨無一雜質的巴哈樂曲，就必須先排除外在的情緒，再沉澱出如明礬入水般的澄淨視聽，才能表現出安靜，豐富，深沉莊嚴的內蘊。

習琴至今十三年，因為音樂，結識了許多品味人士、因為音樂，使我心靈不空虛。然而，在最初的心靈，每個學音樂的人，都應該懷抱著相同的夢想，被音樂環抱著，再被每個滿足的笑容簇擁著！

C的書寫清麗流暢，但意義卻停留於文字表面，失去張力的符碼，無法製造新的五感經驗。文中唯一吸引我的短句是「弓與弦的交戰」，這是「音樂」與「戰爭」的雜揉，因為兩種系統和余光中的〈守夜人〉一樣，一靜一動，因此充滿對比張力。

「『弓與弦的交戰』這一句很有創意。」在第一次指導時，我對C說：「你可以用這種技巧重寫這一篇文嗎？」

「用戰爭講音樂嗎？」

「也可以用你的其他興趣，越動感，與音樂反差越大，越有張力。」

「老師，我喜歡賽車，可以用賽車寫音樂嗎？」

「當然可以，你回去想一想，找出賽車與音樂的類似點給我。」

隔週C交來一份整理：「四弦像跑道，都有速度，都會產生聲響，需要技術操控，挑戰心理素質，開始後一切都不可逆。」

「太棒了，用這些共通性雜揉你的句子，寫一場你最驚心動魄的演奏經驗。你一開始寫拉琴，後面慢慢讓賽車的系統進來，用賽車的語言替換拉琴的語言。」

C慢慢抓到技巧，在指導兩週後，C終於交來一篇名為〈琴弦上的賽車手〉的佳篇：

琴弓緊緊貼著四弦跑道，壓低過彎，加速，再以右手頓弓變檔，發出「拔了一個尖兒，像一線鋼絲拋入天際」的泛音，再換左手的顫音，顫抖般的半音階快速下行解決，放慢，轉彎，繼續無限拉扯與糾纏，重心保持，張力不減弱。第三段，飆到最高潮，全力衝刺第一線道，整段皆以跳弓的方式呈現，再以左手撥弦的方式帶掉油門的殘響，弓與弦的交戰一發不可收拾，時速二百五十公里，慣性飄移，一路衝破至終點……

或許未來演奏前，我仍會像賽車手們一樣，有時神情自若、有時像在與家人見最後一面，吐了滿地，更有時是在興奮等待，等待四條琴弦上線爭奪、搶道，手腳發抖，體溫瞬間下降，但我期待當一個偉大的「琴弦上的賽車手」，搭弓上弦，腎上腺素開始分泌，一旦出發，一切都不可逆……

原本不擅長寫作的C，因為讓賽車爬上了琴弦，頓弓變檔、轉彎飄移、無限拉扯，不僅寫活了弓與弦的交戰，也讓讀者「聽見」賽車手的爭奪、搶道，因而腎上腺素開始分泌，閱讀樂趣頓生。這篇文章得到當年直轄市文學獎第二名的殊榮，「雜揉」之運用，厥功至偉。

20 用一碗湯看一個帝國——視角破題法

用三葉蟲的一隻眼，看見寒武紀的大爆發
用一個印度人千里送湯的視角
瞥見日不落國萬海奔騰的壯闊視野
是的，視角會決定你的視野……

「湯！」

「湯！」

「湯！湯！湯！湯！」

在電影《女王與知己》的前段，英國維多利亞女王登基五十週年的慶典，宮廷總管喊出「湯！」這個詞後，傳喚的童廝，開始朝長廊盡頭的廚房狂奔，一路大喊：「湯！湯！湯！湯！」

此時觀眾應有兩種感覺，第一是：男主角該上場了，因為他遠渡重洋，千里迢迢從印度來到英國，只有一個任務，就是負責端這一碗湯給女王，而且上完湯後，必須躬身後退，眼神還不能與女王有任何接觸；觀眾的第二個感覺應該是：太誇張了吧，一個筵席十幾道菜，為何要花那麼多鏡頭刻畫這一道湯？

殊不知，觀眾這時已連結出第三種感覺，那就是：如果連上一道湯都要這麼繁複細瑣大費周章，那麼，維多利亞女王在位時的英國，一定是個傲視寰宇、國力鼎盛的帝國。

沒錯，這就是導演想要傳達的訊息：第一位兼任印度皇帝的英國國王，帶給英國工業、文化、政治、科學與軍事，都得到巨大成就的維多利亞女王，是何等的尊貴不凡。

導演成功了，不用千軍萬馬，不用雕樓畫棟。只用一碗湯。

這是導演厲害的視角，用三葉蟲的一隻眼，看見寒武紀的大爆發；用一個印度人的千里送湯，瞥見日不落國萬海奔騰的壯闊視野。

是的，視角會決定你的視野。拍電影如此，寫文章更是如此。

在資訊爆炸的時代，人們不缺百科全書式的知識，缺的是新的視角，幫我們用陌生看熟悉，用熱眼看冷物。

例如二〇一六年一個美國高中女生布萊特妮，以一篇不到七百字的申請文，獲得耶魯、史丹佛、哥倫比亞、賓大、康乃爾……等名校錄取。原來布萊特妮的大學申請文，跳脫傳統高眺的宏觀視角，改以好市多（Costco）超市的微觀視角，去講自己的成長，也帶入她對這個世界的思辨。

布萊特妮將超市購物比喻為自我對生命的探索。例如她會思考，如果人們搶著買特大號的抹醬，我們的自由意志會不會被剝奪？她還總結：「好市多是一個貨倉，更是一個世界……我在裡面探知歷史、經濟學、生物學，盡可能地學習一切讓我感興趣的事物。」

不僅是入學申請文，其實現在大賣的商品，許多都是以新的視角出發。例如原名「中國油」的德國薄荷精油原本銷售十分平淡，但經過商人改名為「德國百靈油」，取可口服、並能治各疑難雜症的視角後，開始在華人圈狂賣。

又例如要寫蘇格拉底，若用「加油站遇見蘇格拉底」的新視角，則因為現世連結的陌生，引發趣味及好奇心，成為暢銷書及賣座電影。

或是銷售平平的阿德勒舊作《自卑與超越》，用「被討厭的勇氣」的視角重新闡釋後，成為臺灣的年度暢銷書第一名。

「學會找視角」也是今日寫作教育核心中的核心，因為「找到視角」就是文章破題的關鍵。例如要寫母親的偉大，千萬不要寫流水帳，千萬不要把媽媽從小「含辛茹苦」養育你的陳年舊事寫成編年史——你必須要為了描繪出一棵最華美的樹，而放棄一片森林。

你可以寫母親手上的斑點。那曾經潤滑如凝脂的少女雙手，開始為了你，心甘情願，將青春浸泡在清潔劑數千個日月後，留下的，是乾皺斑黃的歲月枯枝；換來的，是對萬物反光的，你的璀璨年華。

當然，還有父親亂生的白髮、祖父追不上你的腳步，或是那個夏季，每節下課，故意路過你窗前，努力尋覓你、又躲避你的眼神。

一絲黑髮染上雪季的顏色，是冬日告別的預言；一個無法再跟上你的步伐，是告訴你，那路的盡頭，要你一個人走；而那永遠不敢告白的眼神，遂遙長成你一世的追問，要你用一千種美麗又哀愁的劇本去日夜答覆。

而我「陪伴」學生寫作的過程，與其說是指導，不如說是逼他們找出那可以濃縮時光、為情感聚焦的視角。

例如女學生C寫自己過世的爺爺，用大遠景的視角，我必須在時間的茫茫濃霧中，去追尋他爺爺模糊的形象，我思索著，要如何撥開這層層的迷霧？於是我帶著學生去調文章的焦距，越調，越小……

「妳說妳像爺爺，是哪裡像？」

C支支吾吾，「都像吧？」

「都像，是個性像還是外表像？」

「個性有一點像。」

「個性像，是都外向活潑？還是都內向害羞？」我的「引導式寫作」像「逼供」，C有點難以招架。

「都……都……不擅長表達情緒。但我知道爺爺很愛我。」

「妳怎麼知道爺爺很愛妳？」

「媽媽說在所有孫子裡面，爺爺最疼的就是我；我也常聽爸爸說爺爺是標準『冰山臉』，但他看我時，冰山就融化了。」

「為什麼是媽媽說、爸爸說，卻沒有爺爺說呢？」

「因為……因為……我十歲，爺爺六十八歲時過世了，我不記得他說過什麼話。」

「妳懂妳祖父嗎？」

「不是很懂，因為祖父從韓國來臺灣，從不講他的過去。」

「妳祖父是韓國人？」

「是的，他在臺灣沒有任何親戚。」

「那妳祖父的長相有沒有韓國人的特徵，是妳身上也有的？」

「有，我們的眉毛長得很像，粗粗的平眉。」

我上網輸入「平眉」兩個字，發現明星宋慧喬、全智賢都是平眉。

「妳可以用平眉的視角破題，來寫妳祖父嗎？」

「老師，我不是很懂耶。」

「就是用妳看到的祖父眉毛的變化，來寫你們之間的相處。」

C若有所思：「祖父很高，腿很長，跨出的步伐是我的三倍長，我堅持自己走，他的平眉會微微上揚，像淺淺的笑，慢慢陪我走……祖父生氣時，眉毛揪在一起，擠出一個川字眉；但是我拉著他跑時，他會開心地咧嘴笑，兩道平眉像是空中飛翔的兩隻大鳥……現在祖父走了，但每當我照鏡子，看著和他一模一樣的平眉，我會感覺到，那兩隻大鳥，還在空中飛……」

C後來完成的作品〈平眉〉得了直轄市文學獎的散文獎項，因為她找到的小小視角，對眾生而言，是大大的陌生，因此我們願意好奇地陪C走一趟時光隧道，得到了可以穿越幽冥的，深情視野。

是的，就是因為慣性的視角，讓我們只能看見世上的離別哀苦，因此我們需要創作者給我們新的視角，讓我們有重新擁抱生命的勇氣。就像《女王與知己》的片末，不再千秋萬世的維多利亞女王，終須向肉身告別時，印度僕人在她耳邊念起十三世紀波斯詩人魯米的詩句：

Listen, O drop, give yourself up without regret,
and in exchange gain the Ocean.
Listen, O drop, bestow upon yourself this honor,
and in the arms of the Sea be secure.
—— Jalaluddin Rumi

聽我說，小水滴，毫無遺憾地投入大海吧！
然後，你將變為大海
聽我說，小水滴，給自己這樣的榮耀一試吧！

投入大海的懷抱中，你終於真正的安全，無虞。

——魯米

當詩句念完，維多利亞女王還給天地最後一口氣，但她的嘴角卻輕輕的上揚，因為她從魯米的詩句中，得到了新的視角：從一滴水，看見了大海；從消失，看見了源頭活水。

學生C最後得了直轄市文學獎，因這篇文章和魯米的詩句一樣，用細如光束、強如閃電的視角，穿越幽冥，安慰眾生，無論生死。

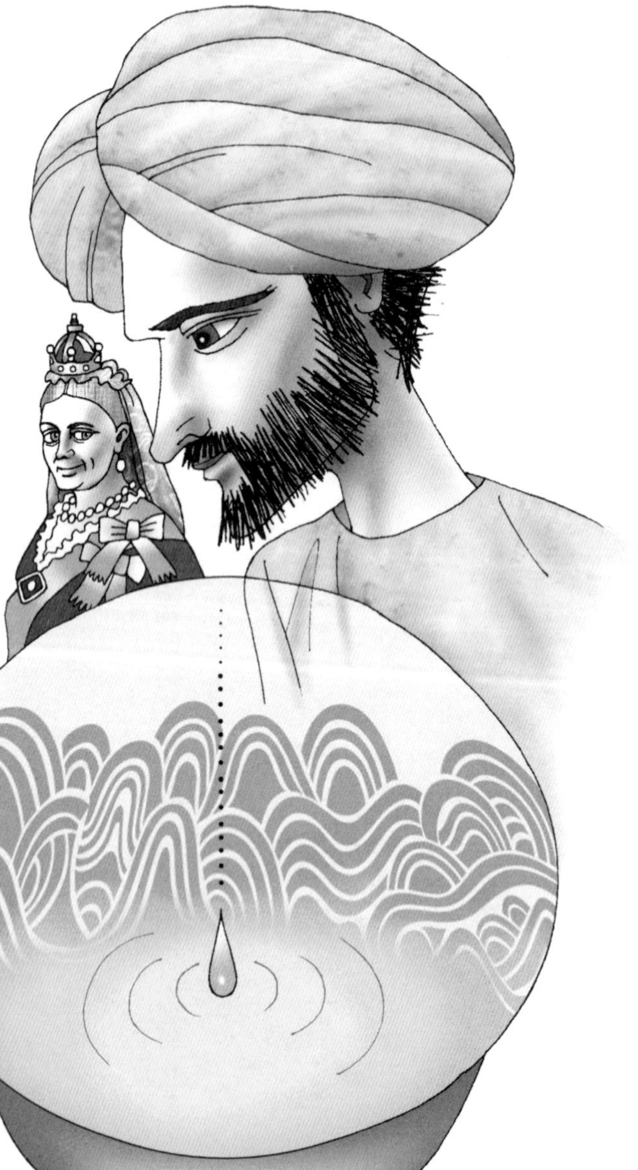

21 寫好敘述文——事觀察擇法

「間敘法」結合「事、觀、察、擇」四步驟構思，快速構築一篇內容紮實的敘述文！

敘述文很容易寫成流水帳，如果敘述的時間不要直線進行，選擇從「中間最低潮」或是「中間最高潮」的地方開始，你會發現讀者會開始好奇，會對前面的故事發生興趣，這叫做「間敘法」。

「間敘法」若利用「事、觀、察、擇」四步驟書寫，則非常容易構築一篇內容紮實的生動文章。

「事、觀、察、擇」四步驟：

1. 事：具體描繪事件
2. 觀：微觀細節
3. 察：覺察當下的感受
4. 擇：抉擇是主題

範文：放棄不是好的選項

「囝仔，你有受傷嘸？」一個拿著鋤頭的阿伯，看見倒在灌木叢裡的我，關心地問候。「謝謝，我還好。」我扶起腳踏車，一跛一跛，不好意思地趕快跑開。

手肘還滲著血，首當其衝的右小腿，也留下數道樹枝刮出的血痕，想到哥哥們都是一騎就會，超級挫敗。心裡納悶：上一刻才享受第一次騎乘的爽快，為什麼下一刻昏天暗地、滿身是傷？

「剛剛速度快，向左急轉，然後……」懂了！原來我還沒學會急轉彎！走著走著，充滿哥哥笑聲的家已出現眼簾。佇立半晌，內心在拉鋸：手腳那麼痛，還要繼續挑戰嗎？我突然轉頭，決定回到剛剛練騎的稻埕。「今天一定要學會！」

右腳踩上踏板，順勢蹬上椅墊，雙手微顫，保持平衡，慢慢在稻埕上練習微轉彎，龍頭越來越穩，決定再一次騎出稻埕，不久，剛剛的「事故點」，扶桑木叢又出現在眼前，心跳加速，手心冒汗，身體向左微傾，糟糕，幾片葉子擦過臉頰……過關了！我騎上地平線上綿延不絕的田埂，風在耳邊發出歡呼的聲音。

第一次，用雙腿的力度，決定風的速度；第一次，可以自由轉彎，決定風景的角度。

那一年，我十歲，學會了，跌倒後自己站起來，以及——放棄不是好的選項。

我們來分析，這篇文章如何運用「事、觀、察、擇」四步驟細節：

一、事：具體名詞描繪事件

在圖像思考的時代，寫作者必須利用「具體名詞」提供「畫面感」。例如「鋤頭」可讓讀者知道，事件發生在農村，而非都市；「灌木叢裡的我」不僅提供「有疼痛感的畫面」，而且會讓讀者很容易將下一段的「腳踏車」連結成一個事件畫面。

二、觀：微觀細節

一個事件中會出現大量的名詞與動詞，記得用「微觀」的技巧，找到較「細」的詞類，整個事件與人物就會鮮活起來。例如「手肘滲血」與「手受傷」；「扶桑木叢」與「灌木叢」；「稻埕」與「空地」；「囝仔」與「孩子」，你覺得前者會不會比後者，更能帶出文章情境鮮活的樣貌。

三、察：覺察當下的感受

發生一件事時，人物會有喜、怒、哀、樂各種感受，甚至是「不好意思」、「挫敗」等複雜的情緒。描寫情緒時，最好不要用形容詞，要盡量覺察身體的變化，例如「心跳加速，手心冒汗」，是不是比「緊張」讓讀者更有感呢？

四、擇：抉擇是主題

感受後，就要進入抉擇。抉擇就是文章的主題，本篇以「今天一定要學會」的抉擇，帶出「放棄不是好的選項」的主題。而主題就是讀者從你的故事得到的智慧結晶喔！

生活大小瑣事紛沓而來，記得自己「是觀察者」，不是粗心的旁觀者，那麼你必能以「事觀察擇」四個步驟，從事件的具體描繪，微觀出細節，再察覺出身心五感變化，最後用你的抉擇，寫出動人有智慧的好文！

22 選取當代有感的細節——細感法

你不管寫阿公、天橋、貓或寫什麼，都要有一點陳述，如果你寫天橋，寫了半天，我不知道是哪個具體的地點，我的情感沒辦法帶進去，……簡單來講，這些就叫做細節。

——張瑞芬

打開家樂福的ＤＭ，「維生素和抗氧化代表」的大標赫然映入眼簾，看下面的品項，有柑橘、奇異果、香蕉、蘋果……等常見「水果」。但顯然的，「抗氧化」比尋常的「水果」更能激起我的購買慾。因為近來在許多養身的報導中，抗氧化劑是抗癌的聖品。當ＤＭ讓柑橘、奇異果與抗癌產生連結後，我已經有大肆採購的想法，等到再看到下面的小文案：柑橘——維生素C和檸檬酸、幫助合成膠原蛋白、自然農法栽培，我確定吃完晚飯後要買一大袋回來，因為「日日防癌、時時抗老」是我的飲食最高準則，也是現代人最關注的「細節」。

過去打動消費者的形容詞是「甜美多汁、果肉細緻、完美酸甜、口感Q彈」等「滿足口慾」的形容詞。然而今日好吃只是基本款，健康、配送過程、社會責任、環保意識等細節，反而更能得到消費者的認同。

行銷語言和文學創作的本質很像，都有「時代感」與「社會意識」，要打破慣性、製造陌生。因此，「選取當代有感的細節」，就變成最好的方法。

例如同一份DM中，魚肉變成「海洋的蛋白質」，因為大家都知道蛋白質是每日必需，而魚肉是比紅肉更健康的蛋白質；另外，鮭魚成了「魚油與不飽和脂肪酸」；石榴、酪梨、地瓜被放在同一頁，大標是「超級食物」。而地瓜也一改便宜、吃多會排氣的村姑形象，加上「維生素A、B，膳食纖維、促進皮膚與黏膜的健康」後，地瓜瞬間被妝飾為會國色天香的貴婦。

「選取當代有感的細節」若用於交通標誌，可能更能打動駕駛。例如對岸的高速公路標語，將「請勿酒駕及超速」改為「酒駕和超速前，請將銀行帳戶密碼告訴家人」。這樣的「細感法」真的太強大了，因為這完全是細節推理的成果。原來的推論過程是「勿酒駕及超速」、「酒駕及超速會發生意外」、「意外可能導致死亡」、「你死亡後銀行戶頭將無人領取」，這個標語省略中間兩個邏輯，用蒙太奇的剪接，直接連結到最後的細節，何止讓駕駛有感，簡直是佛家的當頭棒喝。

對岸還有一個類似的交通號誌「請你謹慎駕駛，附近沒有醫院」，一樣的黑色幽默，一樣當街開示，引人口誦目識。

臺灣的廣告也非常善用「細感法」，例如空氣清淨機不再只強調性價比，而會挑選消費者最在意、或最害怕的細節語言，例如「保護家人不成為肺腺癌的受害者」、或是「專剋PM二．五粉塵，殺滅九十九．九九％細菌」，後者用量化，也是現代消費者最買單的「細感法」之一。

例如我曾問三千多人「列印速度驚人」與「一分鐘可印四十八頁」，哪一個印表機廣告較能打動他？九十五％的回答都是後者。

然而不會寫細節卻是今日學生最大的弱點，例如我曾請校刊社學生訪問學校輕艇隊，結果收到以下的稿子：「輕艇隊選手很早起床，要練體能，要練技巧，上課時常累到睡著。」

我叫學生過來，問他：「很早起床，是幾點起床？要練體能，是練哪一種體能？要練技巧，是哪一種技巧？上課時常累到睡著，是有多常？這些細節寫出來，才會讓人有感，去重訪一次，將細節補回來！」

學生重訪後，交回了不一樣的採訪稿：「輕艇隊選手五點半就要起床，七點開始要跑學校外圍十五圈，要待在烈日的水上二小時熟悉槳，當回到教室，不再分泌抗壓的腎上腺素，累到睡著成為一種日常。」

多了細節的文章，多了說服力。猶如散文批評家張瑞芬教授，在中臺灣聯合文學獎散文決審會說的：「寫散文需要一點細節，你不管寫阿公、天橋、貓或寫什麼，都要有一點陳述，如果你寫天橋，寫了半天，我不知道是哪個地方具體的地點，比如說具體的地理位置或是什麼的，我的情感沒辦法帶進去，因為我覺得你在唬我，簡單來講就是沒有辦法『說服』我進入那個情境……比如說有人寫到祖父去世，為什麼去世，他得了什麼病，他到底幾歲，他到底是外省籍本省籍？他講話的樣子是什麼樣子？這些就叫做細節。」

其實，觀察細節是可以練習的。

四月與學生前往德國漢諾威姊妹校參訪，有一堂課是德國馬修老師帶學生在柏林的浩劫紀念碑上課，他先請學生走進二千七百一十一塊、長二．三八米、寬〇．九五米，高矮不等的混凝土板碑林中，去感受行走其間的五感，十五分鐘後再回來。

臺、德學生回來後開始分享感受的細節。

「四周都是冰冷的石塊，我感覺自己孤單一個人，與世界隔離。」

「在格狀的走道行走，常常會不經意與他人相遇，甚至不小心擦撞，就像是不同族群的擦撞。」

「裡面的走道很窄，隨著水泥石塊的漸形巨大，會覺得有壓迫感，感覺到心臟愈跳愈快。」

「石頭排放很有秩序，但大小沒有秩序，走道高高低低也沒有秩序，感覺很像是人類，常從秩序中走向脫序。」

「一開始，身旁的石塊矮矮的，沒什麼威脅，但等到石塊高到遮天蔽日時，我們再也無法擺脫環境的控制，就像猶太人，一步一步走向他們的命運一般。」

這些都是大家討論的結果，我則提出：「午後陽光讓石塊顯現明暗的對比，像是世界的光明與黑暗，常共存一個主體中。」

原本「冰冷無感」的石塊，在大家細心的觀察後，物理上多了「格狀、很窄、秩序、脫序、擦撞、明暗」等細節，心理上則有「孤單、壓迫、威脅、控制」等豐富的反應。

記得下次描寫一篇文章的主角時，要多視角覺察，寫下物理與心理的細節，你的文字才可能真正的說服讀者與感動世界喔！

23 生出文學的血肉——細節拉長法

從「樹在寫字」，拉長為——

「七月午後的薰風中，古坑的相思樹，用向光的樹枝，在白雲裡，寫我十一歲的心事……」

「來，同學們，誰可以告訴我那棵樹在做什麼？」

「老師，那棵樹在行光合作用啊！」

「那我們來這裡做什麼呢？」

「我們來這裡寫字啊！」

「好，現在我們來玩個遊戲，讓樹和我們交換動作。」

「哈哈哈，老師是說，我們在行光合作用，然後樹在寫字嗎？」

「好聰明啊！」這群學生真的很聰明，一個學校只能派出一名，但重點是，他們都只是十到十一歲的小學生。小學生寫文章有兩大特色，寫不細，也寫不長。其實，「寫不細，也寫不長」幾乎是所有人寫作的痛點。我必須想出引導這些文學小幼苗，日後連結成森林的方法。

「但是，『樹在寫字』是這麼美的事，我們可以把它給寫長一點嗎？」

「可以啊，『大樹在寫字』。」

「很好，但寫長又寫好的第一要素是「寫細」，也就是說，你們要把樹拆解成很多部位，例如說，一棵樹可以分解為……」

「樹葉！」

「樹幹！」

「樹枝！」

「樹皮！」學生們爭先恐後回答。

「你們覺得用哪個部位寫字，最像我們用筆寫字？」

「樹枝！」一位小女生很有自信：「樹枝像筆，我有一枝鉛筆，還是樹枝的形狀。」

「很棒喔，那麼這棵樹叫什麼名字呢？」

「相思樹，臺語唸『相思仔』，臺灣到處可見。」一位老師在一旁連忙補充：「相思樹幹很堅硬，可當火車鐵軌的枕木。」

「呵呵，好有意思，我的相思很堅硬，我的相思是通往你驛站的枕木。」

「哈哈，老師好好笑。」

想到眼前是小學生，不能再用帶高中生寫詩的那一套，趕快拉回到這一堂「細節拉長法」。

「相思樹是不是比樹更有畫面呢？記得我們如要用文字畫圖，就要盡量查資料，寫出萬物的名字。」

「所有以後我寫『我家的狗喜歡在鄰居的輪胎尿尿』。就要寫成『我家的法國鬥牛犬喜歡在鄰居的賓士休旅車輪胎尿尿』？」

學生們笑成一團，但真的有抓到重點。「完全正確，接著你們要替時間、空間跟五感抓細節。」

「請問，樹在哪裡寫字？」

「天空！」

「很好，天空中有什麼？」

「有雲？」

「什麼雲？」

「白雲。」

「太棒了，所以現在相思樹用樹枝，在白雲裡寫字。那寫什麼字呢？可以更細一點嗎？」

「寫日記，因為暑假要寫日記。」

「很棒，那你日記裡會寫什麼呢？」

「寫我每天發生的事，和我的心事啊。」

「哇！超讚的，那你今年幾歲呢？。」

「十一歲。」

「好，那現在，相思樹用樹枝，在白雲裡寫我十一歲的心事。我們加點時間好嗎？」

「現在是什麼時間？。」

「夏天。」

「更細一點。」

「七月。」

「很棒，現在是早上、中午還是午後呢？」

「午後。」

「好，在七月午後，相思樹用樹枝在白雲裡，寫我十一歲的心事，句子拉更長了。最後來點五感，你們有感覺到周圍有什麼嗎？」

「有風。」

「什麼風？」

「熱風！薰風！南風……」

學生們越講越多，最後我們在海報紙上寫下：「七月午後的薰風中，古坑的相思樹，用向光的樹枝，在白雲裡，寫我十一歲的心事。」

「哇！老師，不一樣了耶！很有fu。」

「呵呵，用細節描述，當然會更有fu。現在大家練習一下，用剛剛的『細節拉長法』來寫你每天發生的事囉！」

「細節拉長法」是營造畫面感的利器，以下是一位高一同學細節拉長前後的對比，大家看看有何不同：

原文：

每天手機起床音樂一響起，我就必須心不甘情不願地起床，刷洗後，抓著媽媽準備的早餐，匆忙擠公車，跑一段距離，衝到學校，再衝進教室裡。

細節拉長後：

每個清晨當我忠實的iPhone 5S一奏起Alan Walker的Faded後，我就不得不離開溫暖的獨立筒床鋪，精神雖然仍是Faded（凋零），但仍須爬進浴室讓黑人牙膏刺激口腔，再把媽媽剛烤好的吐司，胡亂塗上奶油，擠上車齡超過二十年的五十鈴老公車，再跑過一千片人行道紅磚，才能抵達學校，衝進四十雙疲憊的惺忪睡眼，和一盒盒等著被磨損的慘白粉筆。

大家是否察覺到，當手機細成「iPhone 5S」，床細成「獨立筒床鋪」，公車細成「二十年的五十鈴老公車」，一段距離細成「一千片人行道紅磚」後，是不是更有畫面感？而起床音樂細成「Alan Walker 的 Faded」後，是不是連環境聲響都更有「臨場感」了？另外，黑人牙膏是不是營造出辛辣的味覺及嗅覺？最重要的，一間熟悉的教室，拆解成「四十雙疲憊的惺忪睡眼，和一盒盒等著被磨損的慘白粉筆」後，是不是有了畫面，也有了「疲憊」與「磨損」的文章基調呢？

不再白描故事骨架，用細節拉長後，讀者五感的視覺、聽覺、味覺、嗅覺和感覺，因此有了依附。而這些依附，就是文學的血肉，是文字仍能在影音的魔界裡，活得像一個驕傲巨人的，精血與肌肉。

H2O+CO2

24 分解過的經驗，才是可用的經驗——經驗分解法

「經驗分解法」訓練心智圖思考、理性觀察、抽象（哲學）思考、意象書寫、命題等五大能力！

下列是歷屆基測及會考的作文題目：「在成長中逐漸明白的一件事」、「可貴的合作經驗」、「那一次我自己做決定」、「當我和別人意見不同的時候」、「從那件事我發現不一樣的自己」、「從陌生到熟悉」，請問這些題目有哪些共通性？

答案是「個人經驗」。

然而每一個人的經驗都大同小異，要如何從廣泛的經驗中，萃取出好的價值當主題？本文分享的「經驗分解法」，是個人應用及教學後，覺得可以快速萃取價值、謀句又謀篇的好方法！

例如說自行車運動，若分解後，會得到「上坡與下坡」、「變速」、「（體力）撞牆」、「破風」、「迷路」……等過程。這些分解後的子題，若能用理情發揮，都會比空

泛的「騎自行車」容易聚焦發揮。

自行車運動	上坡與下坡	變速	撞牆	破風	迷路
理	1.上坡慢與下坡快 2.下坡容易受傷	因應坡度調速	肝醣耗盡，低血糖、頭暈、疲勞	破風手要替他人擋風	轉錯彎，浪費時間
情	上坡痛苦與下坡快樂	高速檔飛馳快樂	超痛苦想放棄	最累最苦	緊張慌亂
（對比產生）價值	1.人常在過了顛峰後，掉以輕心，最後重摔 2.越順利，越要小心	1.一檔到底，浪費力氣 2.慢是為了快（省力） 3.善用檔位，可避免運動傷害	不要害怕那面牆。靠訓練、補給及配速，爬過那高牆	大家輪流破風，團隊的速度最快	迷路原為看花開，看到不一樣的風景

「經驗分解法」也是訓練寫作最棒的方法，一個經歷過「經驗分解法」訓練的寫手，會學到心智圖思考、理性觀察、抽象（哲學）思考、意象書寫、命題等五大能力。例如「上下坡哲學」、「變速人生」、「撞向那面牆」、「快樂破風手」、「最棒的迷路」，這些超吸睛的題目，都是抽象（哲學）思考後，理情交融的主題。

以下是不同運動的分解，大家可以由理入情，想出文章可發展的主題嗎？

種類	籃球，切入禁區	排球，球不落地	羽毛球，殺球
理	1. 越接近籃框，越容易得分 2. 但容易受傷	不落地就不失分	羽毛最輕，卻是世界上速度最快的球類
情	害怕碰撞，因此得不了分	救球很累，但不想放棄	很用力殺，卻殺不進，很生氣
（對比產生）價值	每個行業有最容易得分的禁區，只有練好自己的體能與技術，才能殺入人生的禁區，得分！	要讓隊友相信「放心，有我在」。因為我們永遠願用生命為夥伴飛撲、補位、救球。排球價值就是：球不落地，永不放棄！	不是靠蠻力，而是腰、臂、腕快速連結的複雜動作。人生要靠巧勁，而非蠻力，才能讓羽毛再次飛翔，也才能，殺球！

除了運動之外，旅行、交友、應考，以及不同的成功與失敗，都可以分解出許多可貴的子題，而每個子題，只要情理思考後，都可以得到生命可貴的哲思。因為價值是比

較出來的，最後再靠對比，產生乘載主題的價值。

以下是歷屆聯考題目，我故意空掉幾格，有勞大家補上你的思考，練習一下，說不定可以一次學會心智圖思考、理性觀察、抽象（哲學）思考、意象書寫、與命題等五大能力喔！

	分解子題	理	情	（對比產生）價值
在成長中逐漸明白的一件事	親人的生死別離	人終要分離	痛苦	
那一次我自己做決定	決定不補習	有一天，沒人可以幫我做決定	害怕又驕傲	
當我和別人意見不同的時候		吵架不是真正的溝通	很氣反對的人	傾聽是說服
從那件事我發現不一樣的自己		人都有向上／向下的衝動	改變的痛苦與喜悅	
可貴的合作經驗				縮小自己，才能放大群體
從陌生到熟悉			害怕靠近陌生	不怕陌生。開始，就是一種抵達

25 改寫套語，新意無窮——抽梁換柱法

陳襲因循，國文課本成了創作者的廢墟，但如果我們將文本抽梁換柱，是不是可以改建為意象煥然的新屋……

寫作最忌陳言套語，例如寫一篇自己平實的故事，最後來一句「不經一番寒徹骨，焉得梅花撲鼻香」，是不是覺得俗掉了。

這兩句其實來自唐代黃檗禪師《宛陵錄》中的〈上堂開示頌〉，原文為「塵勞迥脫事非常，緊把繩頭做一場。不是一番寒澈骨，爭得梅花撲鼻香。」改寫者非常有才，改得騷變本道，無人不對號入座，難怪華人在中小學階段初次相見，皆觸目警心，抄寫留用。

然而熟則爛矣，精巧新意瞬間衰老，石化為無法激發美感的套語陳腔。就這樣陳襲因循，國文課本成了創作者的廢墟，但如果我們將文本抽梁換柱，是不是可以改建為意象煥然的新屋。

例如：

這些挫敗已經寒澈了我的肌骨，為何我的冬季，還未飄來撲鼻的梅香？

又如王之渙的〈登鸛雀樓〉。「欲窮千里目，更上一層樓」已被我們倒背如流，卻也成了很難生產新意的老典，但可以試著轉化如下：

在升學的大廈，我已更上了好幾層樓，我卻還無法擁有瞭望生命的千里目。試問，我可以下樓了嗎？

鸛雀樓是建於南北朝，北周作為軍事瞭望，用來防禦北齊的高樓。用在今日防禦升學制度對人心的迫害，是不是一掃時間的酸腐味，令人耳鼻一新。所以，要賦予舊詞新意，回歸「自身與現世」，是一條終南捷徑。

我們如果拿唐詩第一首〈靜夜思〉來寫今日的升學制度，你會如何拆解變幻「床前明月光，疑是地上霜」呢？

筆者試寫如下：

在大考的永夜，我已熬過一輪又一輪的床前明月；我對知識的好奇，早已凍成地上的白霜。

如果寫愛情，也可以轉化成：

床前明月已遁入另一個星空，我倆的深情厚意，只剩地上不忍踩踏的寒霜。

詩人楊佳嫻在詩集《屏息的文明》，〈時間從不理會我們的美好〉一詩的結尾，有一個高超的套語改寫：

菩提本無樹。你翻開我
還是拂下了一身的塵埃

所以請讀者記得，當創作天空布滿塵埃時，不妨將舊詩詞當成一棵棵尋求靈感的菩提樹，走過去，拿出心的明鏡重新映照，會發現光影開始排列，霎時組合出現世的實相。

舊詞千里，已是迢遠混沌，但只要乘上「新用」之舟，文章江陵，不是李白，也一日可還！

26 用「現世呼應」邀請古人還魂——古人還魂法

如果你要賣房子給女性顧客，你可以邀請伍爾芙來幫忙，因為她說過：一個女人要想寫小說，一定要有錢，還要有一間自己的房間……

「這首詩歌頌李白的風流倜儻，文字很好，但這是一首無用的詩。」

「無用的詩？怎麼可能？老師，這首得了他們校內的文學獎新詩組首獎耶。」

「呵呵，我無意批評其他老師的美學，但我想問你一個問題，為什麼寫作又叫創作？」

「創作，是創造加寫作吧？」

「答對了。我請問你，這首詩除了老掉牙的『風流倜儻』外，有沒有替李白創造出新的價值？」

「李白不就是風流倜儻？要如何創造出新的價值？」

「只要跟『現世呼應』即可。就是要有『時代性』。」

「時代性？」

「兩個時代的比較，就會產生新的價值，因為價值是比較出來的。例如《金瓶梅》裡的潘金蓮，被刻畫成一個無良的女人，但若用現代的女權意識去看她，就會覺得她很可憐，因為她像個商品，被色老頭張大戶寄放到侏儒武大郎家，所以她後來的一些作為，是一個女性尋求身體與靈魂自主的過程，這樣有了新的價值，才可稱為創作。」

「那要如何用『現世呼應』寫李白？」

「小說家張大春寫了四卷的《大唐李白》，因為張大春覺得李白和他所處的時代有衝突。而今日華人，在個人與時代的發展中，也都有這樣的衝突。所以他借古鑑今，參考正史稗記，重寫李白。」

「哇！我一定要看《大唐李白》！但老師，我還有一個疑問，可以拿李白用『現世呼應』來寫歌嗎？」

「當然可以，你看！」我打開電腦，輸入關鍵字李白，馬上出現了歌手李榮浩作詞、作曲及演唱的作品〈李白〉：

大部分人要我學習去看　世俗的眼光
我認真學習了世俗眼光　世俗到天亮……
喝了幾大碗米酒再離開是為了模仿
一出門不小心吐的那幅是誰的書畫

你一天一口一個 親愛的對方
多麼不流行的模樣
都應該練練書法再出門闖蕩
才會有人熱情買帳

「呵呵，你看，是不是和張大春主張的『個人與時代的衝突』有點類似。」

「是耶，有點像！」

「其實他們的創作起點，翻成白話就是『借古人寫現代、借古人寫自己』。」

「不是給他們新的歷史定位嗎？」

「給新的歷史定位其實較屬於歷史學家的工作，那需要大量的文獻探討，不是你說了算。在文學的範疇，還是主要以『寫現代、寫自己』為主，例如這首詩。」我輸入關鍵字「詩人張錯」，螢幕出現了一首詩〈叢菊——叢菊兩開他日淚〉。「你看詩末這句：流下的眼淚，是菊花／還是杜甫。張錯借杜甫，類比的是他自己漂泊的身影。」

「流下的眼淚是杜甫，不是很懂，但好美喔！」

「是啊！用古人來『現世呼應』，可表現出古典的婉約與現代的浪漫。其實老師有一位好朋友，詩人紀小樣，是當今『借古還魂』的高手。」

「有他的詩嗎？好想看！」

我在電腦輸入篇名，出現了紀小樣的經典好詩：

〈孔子在我家洗臉〉
孔子在我家洗臉
一抹是一百條皺紋
毛巾上都是春秋時代的
風霜；毛細孔裡還有
戰國殘留的煙塵……。
舞雩回來之後
他的臉 開始發癢
毛細孔 開始變大……
孔子在我家洗臉
他覺得水龍頭的發明
比他的學說還要偉大。
我說 老師，您，太謙虛了。
孔子洗好了臉 繼續刷牙
洗手檯裡吐滿了

之、乎、者、也
我拿起來 聞了一聞
似乎有點餿臭的味道，但
我也不敢明著跟老師講。
孔子在我家洗臉
洗好了臉 刷好了牙
他說 要出去走走；
我說 老師再見！
他把一條黑人牙膏
藏在他左右寬大的衣袖裡；
而我沒有反身追出去
把他遺落在我家馬桶蓋上的《詩經》
還給他……

「太有趣了，也太強了！」

「是啊！紀小樣非常強，他曾被選入臺灣文學菁英新詩三十家，但因為讀詩的人太少了，很少人認識他。」

「老師，紀小樣把孔子寫活了，我好像真的看見孔子在他家洗臉、刷牙、蹲馬桶。可是他為什麼要寫之、乎、者、也有點餿臭味，還寫孔子把一條黑人牙膏藏在衣袖裡，這不是對孔子很不敬嗎？」

「呵呵，詩無正詁，沒有一定的解釋，你怎麼解釋都可以，但我從這兩句看到的，是現在仍是一個不仁不義的時代，所以孔子需要重回人間，但他的理想太高，現代人會覺得他的話有餿臭味，所以混得不好，要借用別人的浴室洗臉，還窮得連一隻牙膏都買不起。」

「哇！原來是這樣！紀小樣老師玩得很厲害。」

「沒錯，創作就是玩，只可惜我們常太正經八百看古人，把古人的形象給弄擰了。當你試著把古人邀請到現代，一定會發生許多時空穿越的有趣情節，所有食衣住行育樂相關的細節，都可以讓你玩個夠。」

「老師有在教學上玩過嗎？」

「當然有，例如一個學生很反戰，我就請她『邀請墨子』回到現代，你看！」我拿出文學獎的作品集。「這首詩拿到了當年的首獎。」

〈閒人墨子〉

聯合國會議廳

領袖的領袖，高層的高層

筆挺的西裝間混進了一團粗布，黑炭似的

墨子

搶起麥克風

「昨天在車城死太多人了！」

黑炭被警衛拉出會議廳

他急著擠出瘋狂的記者群，奔向

邊緣的邊緣，角落的角落

在耶路撒冷哭牆遞紙巾給失去兒子的媽媽

「把土地還給他們就沒事了！」

「白痴！你懂什麼？」

黑炭被圍毆到掉淚

「看！他的淚水不是黑的！」

……

他累了

蹲在我家門廊

那天，我端上一盞清茶

「來！我教你上網！」

「我們來弄個部落格！就更有用！」

「臉書和噗浪是什麼？」墨子開始學了

「很有意思的詩。但這首詩感覺沒什麼技巧，為什麼可以拿首獎？」

「呵呵，其實你剛剛已經把答案講出來了，就是有意思，將反戰與墨子扣得很好，而且你不覺得讓墨子玩臉書、當部落客、網紅或是實況主，會讓讀者感覺到墨子真實的存在於我們的四周嗎？」

「老師，你說『真實的存在於我們的四周』，讓我有一點感動耶。」

「太棒了，感動是創作的起點。讓古人還魂，情節雖是假的，但他們帶回來的價值都是真的。用文字讓他們擁有現代的價值，也是向他們致敬的一種方法。」

「對耶，去年我們與人安基金會合作的『寒士吃飽尾牙』活動，臺中站站長說，『寒士』兩個字，就來自杜甫的詩句『安得廣廈千萬間，大庇天下寒士俱歡顏』。」

「是啊！所以只要我們學會萃取古人不變的價值，再將他們帶到現代，就可以寫出很棒的新詩、散文、小說，甚至是文案。」

「真的耶，如果我賣房子，我就要用『安得廣廈千萬間，大庇天下寒士俱歡顏』來當文案。」

「好喔！如果你要賣房子給女性顧客，你要邀請哪個古人來幫忙？」

學生想半天，「老師，我想不出來耶。」

「可以用英國作家伍爾芙啊，因為她說過：『一個女人要想寫小說，一定要有錢，還要有一間自己的房間。』」

「啥？連外國人也可以？」

「當然，不分國界，歷史上所有的古人，都可以邀請回到現代走一趟。趕快動動腦，邀請他們參加你的鴻門宴。」

「老師亂講！鴻門宴是要殺人的。」

「哈哈，沒錯，現在告訴我，鴻門宴中，你最想邀請誰回來？」

「我想邀張良，想跟他借黃石公的《太公兵法》，看這本神書裡面寫什麼。」

「我想邀亞父范增，問他輔佐一個不聽諍言的老闆，心中到底有多痛？」

我和學生課堂上玩的「古人還魂法」，大概永遠玩不完了……

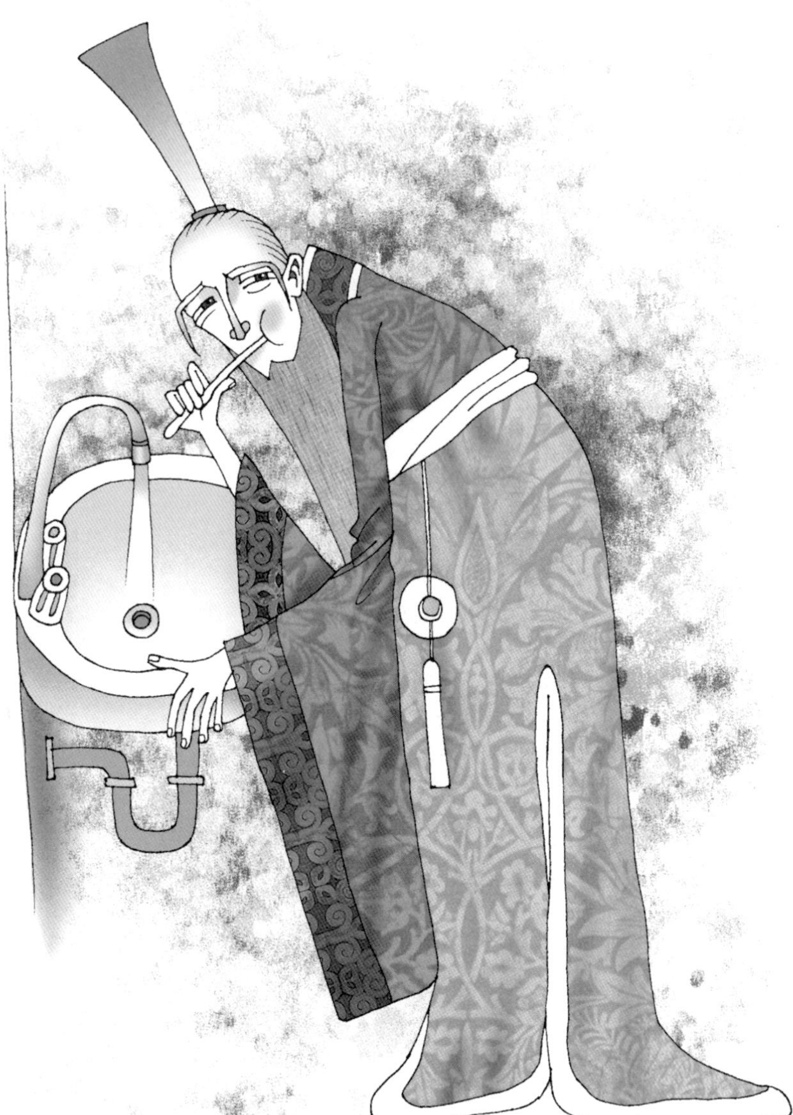

27 找到自己的南朝——史料相關法

當我們想讓自己微小的身影與巨大的悲喜，在創作中放大時，別忘了站在有點熟悉，又有點陌生的歷史光影後面，它會將我的身影拉得好長，長到君王拭淚的衣袖裡，也長到每一位讀者的心坎裡……

「唉，這次考試又慘遭滑鐵盧了！」

每個人都知道，這句話的用典，是十九世紀拿破崙戰爭中，一蹶不振的最終戰役。然而任何文章若用了這個老典，不僅上不了大雅之堂，而且會顯露出作者的腹笥甚窘。

所有用典一旦熟爛，就失去了生命，成了無法呼吸美感的化石。我們必須創造陌生，或是重新從熟悉中尋找陌生。

「開發舊典中陌生的細節」就是一個好方法。

例如「我是滑鐵盧戰役中，那個大勝後又大敗的拿破崙」，是不是一個舊瓶裝新酒的好典？因為極少人知道一八一五年，拿破崙以全歐洲最精壯的馬匹，裝備最好的五千騎兵衝殺後，威靈頓的砲兵潰敗了，是的，「拿破崙在滑鐵盧擊敗了威靈頓」。但只是歷史的前半段。後半段是，因為法軍忘了帶釘子廢掉英軍的前膛砲，英軍奪回砲管後，將大砲轉向法軍，歷史改寫了。

或者說，「我原以為我的老闆是個常勝將軍，最後才發現，他是個拿破崙。」這會讓我們想到拿破崙一生打了六十多場戰役，鮮有敗績。但是一八一二年，拿破崙率五十萬大軍遠征俄國，失敗後，只剩下二萬多人回來；滑鐵盧之戰也傷亡二萬多人，被俘六千多人。所以這一個「舊瓶裝新酒」的「史典」，就變成一個創作的「始點」，讓所有跟錯老闆的人引以為戒，提醒自己不要盲目跟隨，最後成了砲灰。

以史為典，之所以雋永含蓄，是因為歷史是人性抉擇的總成，而不變的人性，往往會造成不同時空中，相同的後果。所以人們常說「歷史會重複它自己」（History Repeats Itself）。

所以，擅長以史為典者，一定是讀史時能夠「反思當代」的人，例如唐代詩人陳子昂、李白、杜甫、李賀、柳宗元、李商隱等人，都曾重複使用距他一千年前「燕昭王築黃金臺」之典，書寫當時的自己。

其中最出名的，當屬陳子昂。

西元六九七年時，唐軍北征契丹，陳子昂隨軍參謀，慷慨獻計，卻反遭貶官為軍曹。因此當他登上時稱幽州臺的黃金臺，極目遠眺，撫今追昔，想起西元前三百多年，燕昭王在亡國之際，決定卑身厚幣，修築「黃金臺」，廣招天下賢士。陳子昂感慨報國無門，明君難求，遂寫下五言古詩〈登幽州臺歌〉：

前不見古人，
後不見來者，
念天地之悠悠，
獨愴然而涕下。

這首千古絕唱，弔古抒今，英烈悲絕。事實上，陳子昂尚有一首五言古詩則直接命題為〈燕昭王〉：

南登碣石館，遙望黃金臺。
丘陵盡喬木，昭王安在哉？
霸圖今已矣，驅馬復歸來。

燕昭王二十四歲即位，因為禮賢下士，遂成了文人心中，明君聖王的千古銘記。其中李白在〈經亂離後天恩流夜郎憶舊遊書懷贈江夏韋太守良宰〉一詩中，表達得最至情至性：「攬涕黃金臺，呼天哭昭王。」杜甫的「紫氣關臨天地闊，黃金臺貯俊賢多」就委婉了一點。少年李賀的「報君黃金臺上意，提攜玉龍為君死」，則又英豪許多。

這些詩人用史不俗，因為連結了自己的魂魄，接上了時代的地氣。許多學生讀完國文課本，喜歡寫下一些「詠三國」、「大唐頌」類的懷古作品，寫完後志得意滿，趕快寄給我批改，可惜的是，常常收到我殘酷的評語：「有史沒有你，有過去無現在，這一篇，丟了吧！」

從浩瀚歷史提取素材，切記不可凝滯於過去的時空，要賦予「歷史的時代性」，方是正解。例如蔣勳常說臺灣是「二十一世紀的南朝」，因為臺灣和一千七百年前的南朝一樣，政治偏安一隅，軍事相對弱勢，但文化上又有自己的委靡浮華與活潑優雅。一樣的動盪年代，一樣的幸福與憂傷同行，蔣勳寫下他壯闊又卑微的〈南朝的時候——致李煜〉：

南朝的時候
我打此經過
寫了幾首詩
和女子調笑
他們戲稱我為
帝王

歷史要數說我
亡國的罪愆
但是
我的罪
何止亡國？
我來
是看繁華幻滅
看你
是否美麗
一如往昔
當北方軍隊
到了城下
每一名女子
都掩袖哭泣

歷史的大鏡，倏然落地後，總能撿拾幾塊碎片，去映照我們的時代，讓我們在如霧的時間中，更真實的照見自己。

下次當你想讓自己微小的身影與巨大的悲喜，在創作中放大時，別忘了站在有點熟悉，又有點陌生的歷史光影後面，它會將我的身影拉得好長，長到君王拭淚的衣袖裡，也長到每一位讀者的心坎裡。

以下的史典，讀完後，你可以連結到什麼情境？讀完後也不妨去找些可以「熟悉中開發陌生」的史典，拿來書寫此時此刻，當今昨千古連線，那強大的電流，會瞬間讓歷史與你的作品，都悠悠轉醒。

1. 中美雙方的貿易正開始打一場**列寧格勒保衛戰**，長此以往，將會造成經濟上重大的傷亡。
2. 到這個組織當總經理，就像**唐德宗**一樣，須面對底下的**藩鎮割據**，要有決戰的決心，否則地位不保。
3. 面對敵國的恫嚇，我看到我們的領導者空有**義和團**的勇氣與狂言，我真的不敢想像，他會把國家帶到怎麼悽慘的田地？
4. 你投資這個生意，大概沒什麼前景可期了，建議你來一次**敦克爾克大撤退**，認賠殺出，能保留一些老本徐圖來日，還比較踏實點。
5. 這個部長終於來到他的**垓下**了，面對重重輿論的包圍，他的政治生涯要斷送於此了。

28 用五種心智圖轉識為智——詩眼轉品法

利用「虛實」、「物我」、「五感」、「三態」、「系統」等五種心智圖，轉動世界的視角。讓讀者跟著你，日常中見非常，化平凡為不凡！

閱讀時，總有些句子畫面靈動，大氣英豪；有些段落則爛泥一片，奄奄一息。究其語言調度，發覺「是否擅用動詞詩眼」，造成最大的差異。

我們先試讀晚唐詩人薛能的名句：

青春背我堂堂去，
白髮欺人故故生。

這兩句中的「背」與「欺」本是人類的行為動詞，由「青春」與「白髮」，和人類主受詞位置互易後，達到詩人想達到的目的——時間才是人類的主子。

再看愛爾蘭詩人葉慈的詩句：

當我抖落華美的花葉，
生命的脈絡才真實可見。

「抖落」，本是植物的動詞，由人類使用後，那秋冬的枯枝，變成了詩人晚年的生命脈絡，極富視覺效果。

以動詞為「詩眼」轉換視角，扭轉前後的不同詞類，文學家稱之為「轉品」。雖然學校有教「轉品」，國文課「轉品賞析」的例子也汗牛充棟，但要拿來活用，除非是天賦異稟，否則真需要心智圖的練習來轉識為智。

「轉品」練習共有「虛實」、「物我」、「五感」、「三態」、「系統」等五種心智圖分類，本書有分章詳述，擬於此篇做統整，並集中於動詞的轉換練習。以下是五種分類的心智圖分類：

慣用語　坐上你的夢中房車吧
虛實　坐上你的慾望吧
慣用語　我有許多慾望
物我互轉　昨晚慾望打電話給我
動詞／液態　我的慾望昨晚又漲潮了
動詞／固態　老了，年輕的慾望，都已石化（都成了化石）。

動詞／氣態　過多的慾望汙染了今天的空氣
動詞／視覺　慾望站在一旁笑我
動詞／聽覺　慾望在我的耳邊不停的唱歌
動詞／嗅覺　慾望今天擦了特別濃的香水
動詞／味覺　慾望的舌頭今晚伸得特別長
動詞／感覺　慾望最近得了躁鬱症
植物系統動詞　我種下了一株株的慾望
飲料系統動詞　昨晚失眠，起床沖泡一杯濃濃的慾望，喝完，又睡不著了。
閱讀系統動詞　到圖書館，慾望一頁頁翻閱我，到夜深，尚未讀完序言
醫院系統動詞　為慾望測心電圖，顯示心律不整、傳導阻滯、動脈缺氧等異常。

從以上的心智圖練習，可以了解，一個句子經過五類的圖像建構後，可以轉化為無盡無窮的佳句。以下是不同的練習模組，我們先來練第一個模組——「慣用句雜揉法」：

「慣用句雜揉法」練習：

芒草	擦傷	皮膚
太多考試	破壞	我的心情
園丁	扶正	一棵植物
你的出現	混亂	我的青春
一場大雨	淋溼	我的全身
夕陽	拉長	我的影子
警察	攔檢	我的車子
過低的薪資	降低	我的生活品質

我先寫下三句練習：

1. 你的出現擦傷我的心情。
2. 太多考試混亂我的影子。
3. 過低的薪資淋溼我的青春。

讀者可以參考下表，試著造出不一樣的句子，也可以加上自造的慣用句雜揉喔！

第二個練習是使用同一個動詞進行「五感／三態／虛實」的聯想：

「五感／三態／虛實」聯想練習：

主詞	動詞（視覺／固態）	受詞	五感／三態／虛實
你的出現	坐在 咬傷	時間的陽臺	虛實／固態
時間	凌亂	青春的掌紋	虛實
愛情	淹沒	思念的流域	液態
上海	焊接	昨日的氣味	氣態
童年		外婆的年糕上	味覺／固態

一樣寫下三句練習，再請大家繼續發揮創意，讓詞類虛實互換，意義陰陽相生！

1. 愛情凌亂青春的掌紋。
2. 童年坐在外婆的年糕上。
3. 你的出現淹沒思念的流域。

底下是第三個練習。記得，個人喜愛的語境與符號不同，因此沒有標準答案。只要多加鍛鍊自己的語言心智圖，大家必能利用日常的動詞，轉動世界的視角，讓讀者跟著你，日常中見非常，化平凡為不凡喔！

「五感／三態／虛實」聯想練習：

主詞	動詞	受詞	五感／三態／虛實
你的美麗	雕刻 路過 捏碎	我的夢	虛
我的夢	帶壞	我的貧窮	虛
步槍	列印	教堂的鐘聲	聽覺
二十歲的壯遊	撞見	歷史的辛辣	嗅覺
追不到的夢		苦味的形狀	味覺／視覺
桌上的課本		青春的大雨	虛實／液態

29 用思辨找觀點，寫好論說文！——圖表論述法

主題句必須含有主題（subject）與態度（attitude／stance），要堅定立場，只選一方去支持，不可以模稜兩可……

「在博克萊當交換生時，我以為我英文好就能聊天，但我發覺我不行，因為我沒觀點。」

「觀點？」

「是啊！就是insight，就是有能力利用批判性思考產生觀點。」與臺北和平實驗小學家長會的名聽會長餐敘時，他點出臺灣教育的一大問題。名聽會長並非無的放矢，因為這也是我今年指導寫作時，遇到的最大挑戰。

這學期校刊以「學生與運動」為主題，發出一千份問卷，有八百零四份為有效問卷。以下是第六、七、八題的統計結果：

6. 近年來生活空氣品質越發受到重視，空氣品質的好壞是否會影響你運動的時間？

(1)會，很大：二十九．五%(2)會影響，但不大：五十五．三八%(3)完全不會影響：十五．〇七%。

7.運動前會上網或看學校旗幟注意空氣品質嗎？(1)會：十六．三二%(2)不會：八十三．六八%。

8.本身體質對空氣品質好壞是敏感的嗎？(1)是：五十三．九一% (2)不是：四十六．〇八%

但學生統計完後，很痛苦的回答我：「老師，這個數據要怎麼用，怎麼寫，我不會耶！」

「這不是和今年大學學測的圖表寫作一樣嗎？」我有點慶幸今年的寫作，考的是學生需要的能力（或素養）。我打開電腦：「你看，第一題占四分，就是要你在八十字以內，說明為何根據圖表的四個數據，可以主張：『人們比較會記得資訊的儲存位置，而比較不會記得資訊的內容。』」

「老師，怎麼看？」

「這裡有四個數據：第一個數據『記得內容，也記得位置』占〇．一八；第二個數據『記得內容，不記得位置』占〇．一二；第三個數據『不記得內容，記得位置』占〇．三二；第四個數據『不記得內容，也不記得位置』占〇．三八。因此記得儲存位置的，就是第一加上第三個數據，共〇・五。不記得內容的，是第三加上第四個數據，共〇・七。」

「喔！老師，所以我第六題將第一個數據，加上第二個數據，就可以得出『八十五%的中學生表示，空氣品質會影響他運動的時間』。」

「沒錯！很好，現在請你融合這三題的數據，變成一個『有觀點』的結論。」

「『有觀點』的結論？老師，可以示範給我看嗎？」

「五十四%的中學生表示體質對空氣敏感，也有八十五%的中學生表示，空氣品質會影響他運動的時間，但卻只有約十六%的中學生，運動前會上網注意空氣品質、或看學校的空汙旗。」

「老師，這有點意思。明明身體都有問題，卻不做保護措施。」

「但這還不夠，你還需要更多數據去支撐你的觀點，甚至說服這個世界去做一點改變。例如你看學測國寫的下一題：『二十一世紀資訊量以驚人的速度暴增，有人認為網路資訊易於取得，會使記憶力與思考力衰退，不利於認知學習；也有人視網際網路為人類的外接大腦記憶體，意味著我們無須記憶大量知識，而可以專注在更重要、更有創造力的事物上。對於以上兩種不同的觀點，請提出你個人的看法。』」

「哇！題幹好長，好亂，這一題怎麼寫啊，好難喔！」

「這一題占二十一分耶，再難也要學啊！我先請問你，你認為網路不利我們認知學習，或是更可幫我們專注在更有創造力的事物上？」

「我當然認為網路更可幫我們專注在有創造力的事物上。」

「太棒了，這就是觀點，這就是主題句。」

「主題句？」

「主題句必須含有主題（subject）與態度（attitude／stance），網路是subject，不利或有利，就是不一樣的態度或立場，你要堅定立場，只選一方去支持，不可以模稜兩可。」

「寫完有觀點的主題句後，下面要怎麼寫？」

「要寫下支撐材料（supporting material），支撐材料就是事實（fact），包括學術研究的結論與數據、具體的故事等，結尾再就利弊得失，提出明確因應之道，以達到大考中心A＋級評分『見解獨到』、『發人深省』、『妥善組織』與『結構嚴謹』等四大標準。」

「但是在考場，誰有辦法找到學術研究的結論與數據？」

「是啊，因此平常閱讀廣度與深度不足的人，在考場只能寫一堆『我覺得』的空口說白話，所以今年的作文分數都被打低了。」

「哇！怎麼辦？那我們要怎麼準備？」

「這個專題就是訓練你怎麼準備啊！若你要『見解獨到』，請先收集足夠的資訊吧！下週我請中興大學環工系莊秉潔教授與你們分享，他研究臺灣空汙二十多年，有一堆科學實證，拿來當專題的支撐材料，才可能『發人深省』。」

莊教授與同學互動三個多小時，留下近一百張研究數據做成的投影片，同學一張張分析，集體討論後，逐漸形成了自己的觀點：

「臺灣的研究報告指出，ＰＭ二．五每增加十微克、人類壽命則少〇．七歲，與美國得到的減少〇．六一歲結果差不多。」

「對啊！因為與壽命相關，所以二〇一二年，美國環保署將ＰＭ二．五年平均值標準，從每立方公尺十五微克降低至十二克。但臺灣環保署的ＰＭ二．五目標比較高，是民國一〇五年達到年平均值二十。」

「二十？怎麼可能？」一位學生拿著莊教授的數據：「根據二〇一五年ＰＭ二．五數據與二〇一四年六都的平均壽命，臺北市ＰＭ二．五的平均濃度是二十五（微克／立方公尺），平均壽命是八十三．一歲；臺中市ＰＭ二．五的平均濃度是二十九，平均壽命是七十九．八二歲；高雄市ＰＭ二．五的平均濃度是三十三，平均壽命是七十八．七四歲。ＰＭ二．五都嘛超標！而且真的是與壽命超相關。」

「唉呦，真的很可怕，」一位學生拿出他找到的數據：「依據衛福部統計，二〇一七年臺灣人十大死因第一名是惡性腫瘤（癌症）。有四．七萬多人死於癌症，而十大癌症死因首位是氣管、支氣管和肺癌，都與空汙相關。」

「莊教授說，目前臺灣ＰＳＩ超過一百五十才會亮紅燈，一年大約只有十幾天超標，若改成ＡＱＩ，臺灣可能有超過一百天都是空氣品質不良狀況。超過一百天耶，我們在這種空氣中運動，不知是養身還是自殺？」

「那要如何快一點減少PM二．五？」

「莊教授說，要減少燃油汽機車，最根本的解決方法就是減少燃燒生煤發電。因為根據研究結果，燃媒產生的PM二．五，是天然氣的一百倍至五百八十倍。」

「這我可以分享一下親身經驗。」我想起在德國的經驗：「上個月我們到漢諾威市中心的天然氣發電廠參觀，真的一點味道都沒有。」

「那為什麼臺中火力發電廠不改燃燒天然氣，政府又堅持在新北的深澳蓋新的燃煤電廠，而不使用天然氣呢？」

「天然氣太貴吧！」兩個學生異口同聲。

「不，莊教授說，天然氣的價錢，一度只比煤高三毛錢。」

「那電費只要漲一點點，全臺灣就空氣乾淨了啊？」

「可是政府說，若太依賴天然氣，臺灣港口一遭對岸封鎖，臺灣的經濟就完蛋了，這是國安的問題。」

「那就跟中共關係好一點，就可以多使用天然氣，臺灣人就可以活久一點了啊！」

「你這太理想主義了！我們只要重啟核四，空汙問題就可以解決了。」

「不行啦！莊教授說核能可能造成人類棲息地的滅絕，反核是對的。」

「要反核，為什麼要重啟更落後的核二，還要蓋燃煤電廠，反核反到人民的肺都受不了，反到學生上體育課等於自殺，反得這麼急，反到臺灣人的經濟和健康都快垮了……」

學生你一言，我一語，很像今日的臺灣，很難有共識，但我很高興他們已經學會了「用科學數據找觀點」、「質疑以前不敢懷疑的權威」。像這樣的思辨，我覺得不單是聯考要考，對於下一代公民素質的提升是有幫助的。

「你們討論得好有深度。」我決定推薦他們去看名聽會長建置的網站：「來！這個網站叫QriticA，裡面有很多題目，題目旁還有影片提供科學數據。例如：團體意見不一樣就是不團結了嗎？男生變性為女生，可以參加奧運女子組競賽嗎？如果你是父母，你會讓學齡前的孩子接觸數位科技產品嗎？想像你正在大學入學面試現場，你認為教授應該問你什麼問題？你要如何回答教授才覺得你夠格被錄取？」

「哈，好有趣喔！」學生們開始對各個議題議論紛紛。

語言是表達的工具，表達需要邏輯的訓練，因此聯考開始走入素養導向，雖然傳統教學者怨聲載道，但我們希望名聽會長的提醒能被聽到：「不是英文好就能聊天，我們還需要建立觀點的思辨教育，然後臺灣的下一代面對未來，才不會因為缺乏觀點，被剝奪國際的話語權。」

附：

QriticA免費公開思辨題庫

https://www.facebook.com/loveqritica/

30 每個人，都是時代的切片──時代切片法

人是歷史的標本？還是碎片？

每個人的故事應是時代的切片，讓每個讀者都在你的文字標本中，凝視自己，也重新認識自己的世代……

兩位學生得了全球華文學生文學獎，令人振奮。指導的學生中，他們的文采並非最優，但他們的作品有一共同特點──「留下時代的價值」。

例如奕君第一次交來的作品，題目是「奶茶的滋味」。文中用奶茶串起祖孫情，並提到祖母的失智。

「你把題目給寫小了。」

「老師，怎麼說？」

「我先問你一個問題，人是歷史的標本？還是碎片？」

「我不懂耶。」

「我覺得你把祖母寫成一個歷史的碎片，其實每個人的故事都應是時代的切片，讓每

個讀者都在你的文字標本中，凝視自己，也重新認識自己的世代。」

「老師，對不起，我還是不懂。」

「好，來，回到基本概念，我問你，文章一定要有什麼？」

「一定要有主題。」

「主題是什麼？」

「主題是價值。」

「價值是什麼？」

「價值是選擇。」

「你是否有在文章中提出選擇？」

「好像沒有。」

「你必須拉出兩點，兩點可以拉開故事張力，兩點可以引發比較，兩點才能產生選擇。」

「是哪兩點？」

「就是現代與祖母的時代，這兩點。」

「老師，我好像懂了。」

經過來回三、四次的討論與重寫後，學生終於投出了她的成品〈二十一世紀的大正奶茶〉：

第二次世界大戰時，奶奶是個青澀少女，日治時期當過幼稚園老師，懂日文、會鋼琴，傳統的觀念和禮教……

這一切，那一言一行，她任何的時刻，都有著那種華麗復古的日式優雅。只是近期的回憶，是班斷了軌的列車，胡亂駛進荒野深穴……

懂得養身的她身體狀況一直都良好，高齡將近百歲，腦袋卻每況愈下。在醫院判定她失智之前，奶奶的行為異常就在她的人際交涉拉起了條封鎖線。她開始胡言亂語，將我誤認成她女兒，將我姑姑當成我母親，甚至指著她的孫媳婦，問我表哥站在他旁邊的女人是誰？

不變的卻是，她深刻印在我最初印象的當時，那種時代感在她身上的香水一般，飄忽，卻十分的深刻……「我是大正十二年生的，那年發生關東大地震。」記憶漫漶的奶奶，卻還記得與這個世紀格格不入的年。然而她的俯仰行臥，卻仍矜持的緊貼著遙遠時代的氣質。得知她生病之後，我們必須多花些時間去陪伴她，即使她看著我卻認不得我的臉，只好套上官腔客客氣氣的叫我「小姐」，即使我在一小時內可能得向她重複自我介紹七、八次，即使她和孫女之間有些詞窮，只會一直點著頭說「ありがとう」（謝謝）……

奶奶不喜歡吃白米飯，或許是因為她小時候在日治時期餐餐都有米飯，但她很喜歡奶茶，就算她沒什麼胃口，我只要帶著奶茶給她……她即使覺得自己老了，還是很注重門面，不打扮得乾淨體面就絕對不出門，她無論口袋裡有多少錢，就算只有一、兩個十元銅板，也要塞給「自稱」是她孫女的我們，擔心我們沒有錢坐車回家……有很多很多事，是我真正走近她後，才愈來愈了解的。

奶奶逐漸掏空的記憶是殘落的空木，自小被灌輸的教養成了孤存的樹皮，挺立的撐起一個時代背景……

學生的書寫原本停留於祖孫的互動表象，但當她聚焦於祖母失智後仍堅持的「客套禮數」後，我們看見了自己土地上「陌生」的「熟悉」。因為在二十一世紀的臺灣，我們已很少看見「華麗復古的日式優雅」，然而在老一輩的記憶裡，在年輕人拍網美照的日式建築裡，那種「乾淨體面」又那麼熟悉。這一種時代對比的扞格，會逼迫我們重新注視吾土吾民的歷史滄桑。

老葉將凋，新枝成林，不同的林相，尚存多少歲月風華？奶奶逐漸掏空的記憶，是歷史殘落的空木？還是因為孫女書寫，可以珍視留存的價值？

文學與政治的語言不同，文學起源於對人性的善解與包容，但政治卻必須分出對立面以牟取選票。在製造對立時，禮數會消失，人群會被貼上標籤，所以我們需要文學，需要文學幫我們撕掉醜陋的標籤，需要文學的善解幫我們重新拉近彼此——不論是唐山阿公、日本阿嬤還是越南媽媽，都因歷史的大風，把我們吹落在同一塊土地，沒有選擇，我們花開花落，落葉無聲，寂然入土，留下不同的文化養分。

但是文學的聲音很小，政治的聲音很大。當在位者與立場偏頗的媒體硬要撕裂我們盤根錯節的根系，若我們習焉不察，拒絕土地深厚的養分，只啜飲政治神木的露珠，我們原本頂天蔽日的文化樹冠，將會逐漸凋零，最後讓仇恨的烈日，晒乾新世代的土壤。

二〇一八年國中會考寫作用「我們這個世代」出題，詢問新世代是「果凍世代」？「直播世代」？還是「動漫世代」？其實，什麼世代都好，考試時沒寫好也沒關係，因為那只不過是一場升學考試，這一世代真正的試煉是——在歷史的江河中，是否曉悉自己流域的上游，曾受過哪些價值汙染？以及要衝過多少關山疊嶂，才能流出自己的波瀾壯闊？

「我們這個世代」真正要注意的，是理解上一世代的價值操控，這個價值是選票思考的對立，這個對立造成政治的空轉與經濟的停滯；這個操控正抽空「這個世代」長大的養分，如果這個世代不拒絕上一代的仇恨對立，則下一個世代連活出「客氣禮數」的機會都沒有。

以下附文是另一篇得獎作品〈迷香〉。作者用線香的製作過程類比「製香，也制規矩」的外公。文中的線香與劉關張，都是華人共同的寶貴資產，與政治無涉，與文化相關。請同學善用這些資產，盡情寫出文學的善解，活出「我們這個世代」的大氣！

附：2018全球華文學生文學獎高中散文組得獎作品

（賞析建議：用四字詞、標點及對比結構控制節奏，用節奏呼應內容的力度）

〈迷香〉／呂冠儀

香煙裊裊，白霧漫漫，眼前是熟悉的暖暖木質調，熟悉的香味擴散、包圍，濃重又輕巧的覆在我心上。這線香，是迷香吧？我想，抬頭看著頂端的火光，入迷，等意識醒來，周身煙霧包圍，絲絲氤氳在走。走，走回外公家。

外公外婆開著一家香鋪，是好多年前靠自己雙手打拚下來的。有次跑下車，我撲進外公的懷抱裡，突然發現，外公脖子上有一道掩藏，那是一道刀疤，一道差點奪走外公寶貴生命的痕跡。

外公，以前是人們口中的「壞囝」，國小畢業後，拿著曾祖父給的一百塊，從嘉義飄盪到臺北，有錢坐火車離開、沒錢坐火車回家。在臺北的公園裡喝了一星期的自來水，搬過瓦斯、待過印刷廠、甚至在山上種植香菇，很長一段時間只有一隻狗陪著。

血氣方剛、獨身在外，抽菸、喝酒、幹架，交了八拜之交，也結了仇家。終於存夠了錢回到嘉義當兵。

外公的身形高大，穿著軍裝，走在寬闊的道路上特別顯眼，以前的仇家刻意尾隨在後，長刀一揮，血霧遮眼，差了一點就斷了動脈，險些致命。

我也不清楚是不是在外闖蕩過的人都格外有自己的一套規矩，外公外婆雖然忙於事業，無暇管教七個孩子的課業，但對於品行，一丁點兒都不馬虎。「關於禮貌，這是做人最基本的規矩。」這個準則也延續在對我輩的管教上——坐要有坐姿，站要有站樣。我每次回家尤其擔憂和外公同桌子吃飯，因為我的筷子從小沒拿好，夾菜難看，外公外婆看一次就讓我改一次，但無奈的是改也改不了，最後都食不下咽了。

還好，外公家的記憶，淡的是味覺，濃的是嗅覺——是那線香。

線香分成三個部分，由竹子做成的心木、各種藥材和植物製作的香料、黏米做成的天然黏著劑，香的頂端還加入了易燃的硝石。將竹子削成一片片，沾些黏著劑，再在香料中滾一滾，步驟反覆四五次——輾轉反覆，就像外公的人生經歷，沾染了世俗、沾黏了人情，也沾黏上各種有溫度。

「自己的錯誤絕不含糊，傾其所有也要賠你，這也是老炮兒的規矩。」中國電影《老炮兒》的一句臺詞，我想，一樣能投射在外公的身上——我有錯我認錯，但你要是過了，也要給我個解釋，這是外公待人處事的方法。外公的行事作風，堅定行事又不失人情。外公的裡芯是傲骨，外殼是硬氣，一生心血，淌過的是五湖與四海，積下的是好友與情義。

「即使江湖不在，還有我。」他們活在我最嚮往的年代，人情漫漶，是非分明，那是我兒時習武，心嚮往之的武林。

三人一塊，就是劉關張，三人一香，就是天地為證。

外公製香，也制規矩。廟宇裡跳八家將的小少年，七星步都是外公負責訓練，而外公不只教導孩子技藝，還有待人處事的觀念，嚴肅認真的教導方式，讓貪玩、偷懶的半大孩子面對外公時，習氣不敢沾身。

是迷過路的人，最懂得迷香嗎？

對「迷路原為看花開」的外公而言，應該是吧。看著香爐上筆直的香，外公手製，清晰溫暖，是家的味道、是信仰的味道，也是外公的味道。絲絲縷縷，聯繫著天、地、人。

迷香，因為時間的翻滾，因為懂得層層的味道，所以有了神的味道。

一道精魂在世，迷失過也好，刀架上脖也好，不管繞了幾圈，最後願意直直上升，抵達神的所在。最後，都是香的。

31 跟達利學寫作——藝術作品翻轉法

你已開啟我身上所有的抽屜，離去前，請記得關上，空掉的抽屜。

在德國漢諾威史賓格美術館，見到彎曲變形的樓梯，學生大笑：「爬這個樓梯，還沒到二樓，就先摔死了。」

這句話在我腦海中突然轉變為：「我們通往未來的階梯，都已彎曲變形。」有點哀傷，卻是今日臺灣年輕人的真實困境。

一樣的意思，若直抒胸臆，用「我們現在很難出頭」表達，達則達矣，卻難登大雅之堂，但若用「我們通往未來的階梯，都已彎曲變形」來類比，則有了文學迂迴的美感。

討厭寫作，遠離文學的人，大都討厭這種迂迴，但抱歉，如果人類只追求直話直說的效能，世間不會出現文學。

其實，文學害怕直路，文學就是一種迂迴。如同美國詩人艾蜜莉．狄金森的詩句：

成功之道，在於迂迴

我們脆弱的感官承受不了真理
過分華美的宏偉

藝術作品便是利用這一種「迂迴」，達到意義的「延遲」。就像後結構主義大師羅蘭．巴特對「從作品到文本」的論述：「文本將意指無限地延遲……因此產生出意義的爆炸、播散。」這延遲產生的爆炸，讓文學與藝術產生歧義性，也因而活得比現實大。

例如當日我們在館內看到一件捆包藝術大師克里斯多—耶拉瑟夫的作品：一張被白色帆布包裹綑綁的椅子。

當我問學生對這張椅子的感覺時，大多回答沒感覺，但我提醒他們：「藝術與文學，都是人學，藝術所有的表現，都是為了表達人類的一種狀態，請問你，你是否可以用這張椅子描述你現在的狀態？」之後，我竟然聽見了許多富有文學況味的表達：「學生被考試的壓力，密不透風包裹著，與外面的世界隔離。」另一位學生回答：「現代人被電腦綁在椅子上，不得掙脫，不能接觸大自然，我們都成了失去移動能力的椅子。」

我發覺，因為本質相近，因為都叫做創作，學生若從裝置藝術、雕塑或超現實畫中學習「符號」與「象徵」，則文字因為具象的線索，一下子活化了起來。

例如達利一九八二年的青銅雕塑「抽屜人」，作品裡的人，身體被拉出一個個抽屜。你可以解讀為，每個人的身上，都有一些抽屜，裡頭藏著自己的祕密，有的終其一生未被開啟，有的已被開啟，還有的，期待被開啟。然而這個抽屜人舉起左手，用手掌擋住來者，似乎在告訴觀眾：「不要輕易打開我身上的抽屜。」

解讀裝置藝術與超現實畫，是建構創意與練筆的好方法，以「抽屜人」為例，每個人均可表達自己的情思。例如單戀的人可寫下：「我身上塵封多年的抽屜，等待你的開啟。」或是：「我期待擁有一把打開你心靈抽屜的鑰匙。」一個失戀的人，也可寫下：「你已開啟我身上所有的抽屜，離去前，請記得關上，空掉的抽屜。」

達利最著名的作品是「軟鐘」，藉由時鐘的由硬變軟，給人類無限的聯想，例如失戀的人可以解讀為：「你離去後，我的時間完全癱軟；沒有情愛的世界，宇宙完全的靜止。」事實上，這幅作品是一九三一年一個夏日午後，達利的愛人外出購物時，他看見桌

上的乳酪開始融化，好奇拿筆挑起乳酪，乳酪攤掛在筆上，達利因而得到靈感。

代表時間的，不是只有時鐘，還包括時針、秒針、沙漏、日晷，藉由模仿達利，我們都可以成為文字的裝置藝術大師。

例如失戀時，你要如何利用以上的這些「時間分身」來「延遲」你的心事，幫讀者解讀後，產生爆炸性的「聯想」與「文學美感」呢？

以下是我的試作：

沒有妳的城市，**時針**因為睡眠不足，開始長痘子。
你的影子拿著**秒針**，在我的**心**上刻畫時間的形狀。
妳離去的夜，**月光**得了厭食症，把自己瘦成日記上的一枚缺角的書籤。
日晷不再為妳服務後，開始胃痛抱著肚子行走，最後，每個日子都歪斜了。

失戀時，我們會失眠、長痘子、虐心、厭食、胃痛，但當我們學習達利，讓其他時間的分身為我們疼痛時，這疼痛迂迴了、延遲了，也文學了。

以下是我設計的主題與「分身」（象徵），大家可以練習一下，看看如何創作成藝術作品，並翻轉成肌理相同的文字作品：

主題	分身（象徵）	藝術作品	文字作品
反戰	來福槍	槍口插玫瑰花	讓對準你我的槍口，都因愛而泥化，讓每個扳機，都只為玫瑰的示愛而發射。
反戰	左輪槍	槍管打結（瑞士送給聯合國的禮物，矗立在紐約聯合國大廈前）	左輪槍將槍口打成蝴蝶結，開始夢見一個沒有死亡的春天。
反升學主義	教室	學生活得比教室大，頭與手腳都撐破教室。（日本超現實畫家石田徹也作品）	我終於活得比教室大，頭卡在教室的水泥牆外，雙手卡在窗戶外。老師帶著同學參觀我：「看，這就是看太多閒書的下場。」
鼓勵閱讀	書本	月光下，書本變成被子。（德國插畫家科運特·布赫茲「靈魂的出口」）	在經濟的寒冬，我蓋著《唐詩三百首》，被子裡有李白昨夜醉酒的餘溫，冬天不冷了！
政客説謊	麥克風		
網路成癮	電腦		
反空汙	汽車		

參考答案

政客説謊	麥克風	麥克風戴耳塞，留著汗	○○候選人的麥克風戴起耳塞，怕聽見××的謊言，但因為聽見△△真實的心跳，麥克風緊張得直冒汗。
網路成癮	電腦	電腦成了重刑犯的手鐐腳銬	原以為我們是網路的主人，現在才知道，網路是我們的主人，他替我們打鍵盤的手上了手鐐，替我們不出門的腿上了腳銬。我們已成為網路管轄的囚犯。
反空汙	汽車	汽車的排氣管接著我們的支氣管	不要再開汽車上下班了，因為我們彼此的排氣管，正接著我們下一代的支氣管。

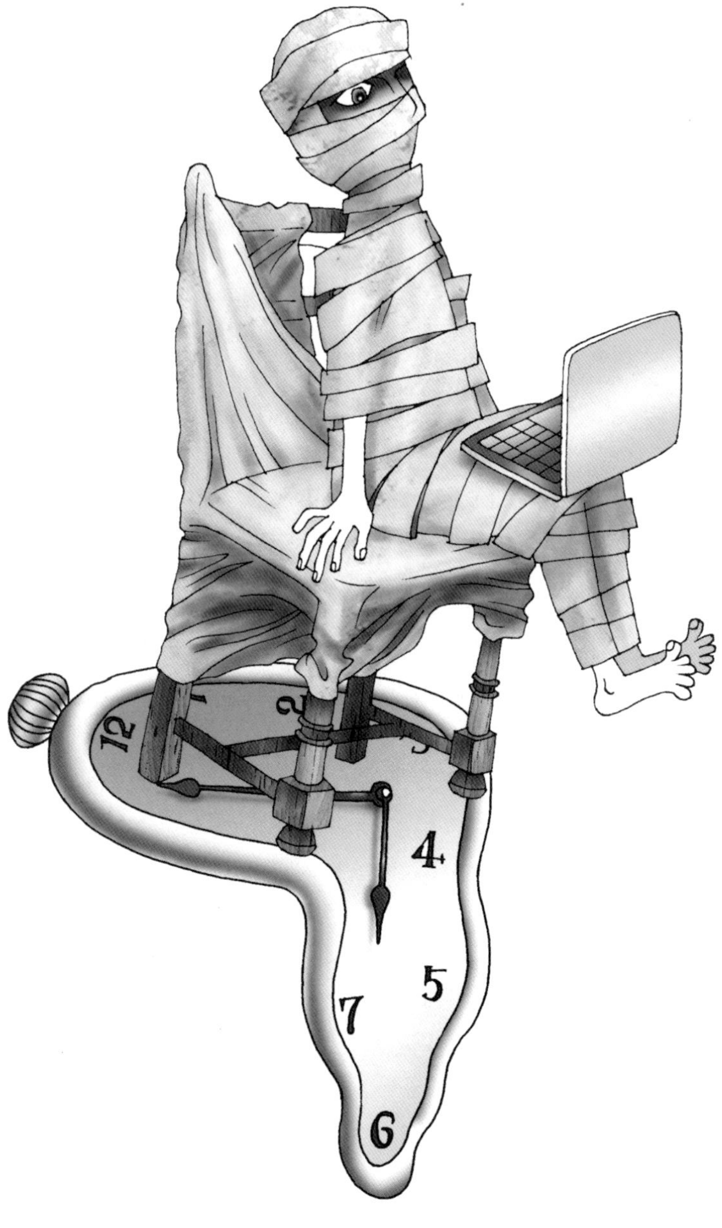

32 寫沒說的話，更真實——側寫法

用筆，帶那人回來。
讓我聽見他的呼吸，聞到他的氣味，還要觸摸到，他的擁抱……

帶三位校刊社學生到高鐵接劉克襄老師。

「知道我為何要帶你們來嗎？」我手抓著方向盤，眼看後視鏡，詢問戰戰兢兢的高一社員。

「把握時間空檔，在車上訪問作家。」

「答得好，但重點是我要你們寫出『作家沒說的話』。」

「沒說，怎麼寫？」同學們面面相覷。

「來，問你們一個問題，假設一個受訪者，提倡禮貌，受訪時接電話，卻國罵連連。請問，你覺得只收錄訪談內容，夠嗎？」

「不夠！不夠！」同學們異口同聲。

「這就對了！所以一個人的無意識，會透漏最真實的一面。例如我右邊的副駕駛座，曾經坐過五十幾位受訪者，其中印象令我最深刻的是劉軒。」

「他的父親是作家劉墉，我以前讀過他的作品。劉軒有什麼特別嗎？」

「劉軒一上車，第一件事是將自己的椅子拉到最前，讓後座助理有較大的空間。」

「哇！教養好好。」

「對，就是教養好，他習慣縮小自己，服務別人。你們覺得這值不值得書寫？」

「當然值得！」同學們你一言，我一語：「這我會想看。老師，還有其他的故事嗎？」

「還有李家同教授，他講到閱讀時，滿眼光芒，還忘情兩腿盤坐，邊講理想，邊揮動雙手，像個孩子，完全沒架子。」

停好車後，我和學生在高鐵站的星巴克前等候。不久，單肩背包，穿著輕便卡其夾克與登山鞋的劉克襄老師，咧開嘴笑盈盈走來了。因是舊識，劉老師伸出右手紮實重握，左手拍拍我的右肩，開始彼此問候，但劉老師沒忘記招呼學生，對學生的每個問題，均認真思索後，耐心回答。」

演講結束後，詢問學生有觀察哪些值得側寫的材料。

「劉老師貴為中央社董事長，卻穿得很休閒，感覺隨時可以上山去做田野的樣子。」另一位同學搶著回答：「老師有沒有注意到，劉老師袋子裡最大的物品是一個賞鳥望遠鏡，表示他一直都沒離開這個嗜好。」

「我要補充，劉老師上樓梯時步履很輕盈，走路時抬頭挺胸，步伐完全不像個年過六句的人。」

「還有，老師你給我劉老師的聯絡Mail，前幾個字母是birdy，是鳥人的意思，這可不可以寫？」

「當然可以啊！這些雖然都不是受訪者的回答，卻可以將這個人物的言行謦欬，描繪得淪肌浹髓。」

「我現在終於懂得老師社課時說的：『把受訪者帶回來，我要聽到他的呼吸，聞到他的氣味，還要觸摸到，他的擁抱。』老師講得誇張，但是有意思。」

「事實上，文章與戲劇一樣，人寫活了，故事就活了。就像《壹周刊》寫人物一樣，超強的。我有一位朋友說他被電視臺訪問，一個下午就完成了，《壹周刊》的記者卻訪了他三週。出來的稿子大量側寫他『失神望著遠方』、『別過頭偷偷拭淚』、『永遠穿長袖，來遮住讓自己自卑的、過細的手臂』。那位記者說，他要觀察到相信受訪者，才要動筆，因為他相信一個人所做的，不相信一個人所說的。」

「這真的好專業。」

「是啊，所以記得寫一個人，要從看他第一眼開始，不是從他講出第一個字開始；要從受訪者的無意識開始，不是從受訪者的有意識開始。」

「老師可以再舉個例嗎？」

「哈哈，例子好多，有些太『真實』了，我不敢寫。例如有一位以正義為名的作者，熱情向我分享時，身旁一位盲人老師三次請教問題，他不僅置之不理，最後還露出兩次白眼，我當下知道，他是『假』的，我也放棄寫他了。我還訪過一位小學校長，學校每個孩子看到他，都會過來抱抱他，他可以叫出每個孩子的名字。還有，一起走路時，他會沿路撿起垃圾，放進口袋，進辦公室時，再拿出丟掉。我就知道，這個人是『真』的。」

「老師，新聞報導時，我好像也比較相信側寫的部分。」

「還有，」另一個同學補充：「看廣告時，側寫的部分也比較能打動我。」

「呵呵，老師，我懂了。」最後一位同學若有所思結語：「以後我們寫採訪稿時，一定要加上細心觀察的側寫，因為那是身體洩漏的訊息。這訊息，比語言，更真實！」

33 真痛時不哭，教志明與春嬌學唱歌——濃情淡寫法

女生，是很難捉摸的，我們說沒事，就是有事，沒關係，就是有關係。

——林真心（《我的少女時代》）

在十八歲的生日，林真心拉著徐太宇的手，穿越走廊上無數欣羨的眼神，奔向學校雨後的天臺。真心小心翼翼地詢問太宇，是否要一起慶生？但不久嫣然含笑的陶敏敏，娉娉嫋嫋走上天臺——敏敏決定向太宇告白，會錯意的真心仰著頭，忍住淚，強顏歡笑向徐太宇恭喜，但回首頭一低，觀眾的眼淚就跟著撲簌而下……。

觀眾的淚，是淋著自己青春的那場大雨。那場雨，最滂沱，也最美——因為我們都曾經遇見了你，也錯過了你。

因為青春太快，人生太慢。當我們必須在最痛的時候告別，我們有淚，不敢流下來，也不能流下來。文學的眼淚，也是一樣，在情最濃，痛最深的時候，要轉過頭，寫無淚的一面。

「含蓄」是藝術之道，「節制」是文學之母。就像我們看完淚如噴泉的八點檔肥皂劇後，很難流下洗滌情感之淚，所以藝術教我們要「大悲無淚」，文學教我們要「濃情淡寫」。

我的啟蒙師，散文家石德華有一「濃情淡寫」的名篇〈我弟——記一個存在過的名字〉，是經典示範，茲節錄如下：

我平靜的告訴他，「石德孝過世了。」「怎麼會！」我總記得那人的驚呼，在臺北場的新書發表會結束好一陣子之後。

情緒如漪擴去散開，才能浮凸出清晰的倒影，我開始想著：這世上還有人記得我弟，我以為，一直以為，這是一個只有我記得的名字。

＊

我小學中年級開始，中午的便當，是二個弟弟送的。大弟將便當放在固定位置，會爬在窗臺東張西望看上課，小弟送了就走。那小學升旗時，班長都上前二步立正筆挺站在隊伍最前，我是六年級的班長，只要稍彎身，就可以瞥到三年級的班長有大弟，一年級的有小弟……

＊

……長大路途的漫長辛苦，多像一個個打來的浪頭，沒撲上身時誰能先做想像？而無非也是人之常情吧，那成長多多少少會要有的轉彎使力逆風冒雨，以及大浪來了就要頂……

小弟剛上大學，說起班上一個連名字都很可愛的女孩，他問我：「姐，我載她，她攬著我的腰，說這座位不可以載別的女孩，她是喜歡我吧？」我弟過世前幾年，我陪他去看失眠其實心知他是憂鬱症的那天，在他絮絮的語言中，這可愛的名字重新被提起。無憂的青春微光，短暫而虛幻，但那時他還餘什麼可以用以安慰失敗潦倒一如暗黑斗室的人生？

＊

……很快的，這樣的時光也消失，我弟開始不會自己搭車。迷路走失不只一次之後，就近照料他的我大弟，在小弟的衣服上繡上自己的手機號碼。我和我大弟，我們都用很不完美妥貼的，彼此都不甚滿意的方式親愛著我們折翼的手足，而我們其實是一點辦法也沒有……

我女兒聽我說簽書會的事，輕呼著：「怎麼可能？大舅是風雲人物我是相信的，小舅？怎麼可能？」

我告訴她，當年彰中和彰商二所學校的男生，為了女生相約打群架，連教官都阻止不了，「後來是小舅去斡旋才平了這大事件，」我說，「那年小舅畢業得了群育第一名。」

我弟是真正的賭徒，贏的時候不囂張，輸的時候，安安靜靜。有人記得我弟，我一直以為只有我。

在所有令人驚悚錯愕的命運來臨之前，我弟有過幸福吧，小康家庭的么兒，母親最疼愛的孩子，端正的學生，令人信賴的人，事業有成，生活單純，陽光下，和哥哥、姐姐站在一排，三個人都是班長……

石德華不用大筆濃墨寫情愛，相反地，她用疏筆淡墨留白：手足相繫只是彎身輕瞥；手足相伴是在你的衣襟，繡上我的號碼；而手足永隔，是有過的幸福，是陽光下，哥哥、姐姐、弟弟站在一排，三個人都是班長……

在情緒漣漪處，浮凸清晰倒影，在生命暗黑斗室，以幸福，以陽光，寫不可抑的傷悲。當哥哥、姐姐、弟弟，永遠不能站成一排，永遠不能了……，石德華用文學，讓弟弟的身影再次與哥哥、姐姐站在一排，永遠與讀者站在一排。

讀〈我弟——記一個存在過的名字〉三次，我三度落淚，但那淚水是亞里斯多德《詩學》中的淚。亞里斯多德說，好的悲劇會讓情緒得到洗滌、淨化與昇華，而這樣的昇華，唯有靠「濃情淡寫」的節制才能做到。

去年學生寫了一篇散文，名為〈木柵裡的彼得潘〉。敘述叔叔離世時的悲情，整篇情節利索，富畫面感，佳篇無疑，但結尾處，讀者可以思索是否處理得宜：

在我家最深處的房間內曾經囚禁過一個孩子，一關就關了三十餘年。

我初次認識他時適逢剛升上小一，他僅僅六個月大；當我升上國三，時隔九年，他仍然被關在在六個月的囹圄內、永遠像嬰幼兒般牙牙學語。他是我的小舅舅，他在一歲的時候罹患了腦膜炎，智商退化到六個月的程度，從此他的心踟躕在原地，就像是彼得潘一樣，是個永遠不會長大的「囝仔」。

那年我七歲，他三十歲。

他的房間用木柵式的門圍起來，內部除了幾顆籃球以及兩床被子外，再無其他長物，只有一扇玻璃窗，面對有光的晒衣陽臺。

「阿卿舅舅，我來陪你唱歌囉！」洗澡前總會經過他的房門口，雖然他不會說話，也不會走路，但卻對音樂異常敏感。我總是會趴在木柵上唱著歌，他會用敲打牆壁的方式回應我，我們彷彿是一個小型的樂隊，玩得不亦樂乎。

……自從我升上國三的那個暑假開始，我們的命運共同急轉直下。國三面臨了極大的會考壓力，當我每晚經過阿卿舅舅的房門口時不再駐足與他歡唱，我刻意忽略了他那一貫殷切的眼神，有一陣子甚至不用正眼看他，或許是嫉妒他、或許是羨慕他，可以永遠不需要考試的特殊待遇讓我忿忿不平。每當我從眼角看到他的失落，總是有股罪惡的快感油然而生……

阿卿舅舅沒有機會和我一起升上高中，敗血急性休克奪去了他的第三十九個聖誕夜。

十二月的天空比阿卿舅舅的眼睛還要晦暗，媽媽正在和葬儀社的工作人員討論後事，我和外公外婆則並肩站在準備燒給阿卿舅舅的紙屋旁。第一次發現外婆的肩這麼窄，脊椎這麼彎，她在這些年如何支撐起阿舅沉重的身軀？

我百無聊賴的玩弄著紙屋的正門，它和阿卿舅舅的房門有幾處相似，我開了又闔，翻弄在掌間，妄想著能在反反覆覆間再次看見他在門後咧著嘴，伸長那根清瘦見骨的手指，輕觸門外的我。

「囝仔人手賤啊！這係準備給恁阿舅欸，手收起！」外婆拍開我的手，紙門在一陣風的吹拂下緩緩闔上，我不確定最後有沒有看到阿卿舅舅，門縫太窄了，而眼淚太大顆，當時的記憶早已被外頭淅瀝的雨水模糊了。

紙屋還附贈了志明以及春嬌兩個服侍他的紙人偶，以及一臺不太精緻的紙賓士。志明以及春嬌製作得很粗糙，笑容有一點詭異，臉上的油墨似乎有點潮溼，隨時會掉漆的樣子。雖然他們神似恐怖片走出來的殺人娃娃，但我仍然不自覺的開始對他們唱起了阿卿舅舅最喜歡的旋律，鄧紫棋的〈夜空中最亮的星〉：「是太陽先升起，還是意外先來臨……我寧願所有痛苦都留在心裡，也不願忘記你的眼睛……」志明與春嬌臉上的妝澈底糊了，我猜想他們也跟我一樣難過吧……

我淚如雨下，大聲唱著歌，一首唱過一首，喉嚨疼得如同一顆炙熱的彈珠堵住般，我想念阿卿舅舅，他是木柵裡的彼得潘，卻永遠飛不到他想去的天空……

讀完初稿，我提出強烈的建議：「妳文章裡的小飛俠彼得潘意象，沒有得到發展，當題目太突兀了，妳要不要用已存在的主意象來當題目？」

「老師，我『已存在的主意象』是什麼？」

「是唱歌啊！那是妳和阿卿舅舅最大的連結。」

「可是我最後也是用唱歌做結尾啊！」

「但妳結尾的情感太濃了，需要節制。」

「節制？老師，我不懂耶。」

「例如，妳可以把結尾的志明與春嬌，與唱歌結合在一起。」

學生很聰明，將題目改為〈教志明與春嬌學唱歌〉，結尾感情於是放淡：

「囝仔人邁添亂啦，大人講正經代誌你嘿唱啥歌！」外公反手踋著我的衣領朝著溼漉漉的樓梯口走去，留下獨自啜泣的外婆。即使站在樓梯的轉角處，我仍大聲的唱著，一首唱過一首，喉嚨疼得如同一顆炙熱的彈珠堵住般，但我必須讓志明與春嬌學會唱，所以我不能停……阿卿舅舅連走路也不會，他所見過最大的世界僅僅只有面對晒衣陽臺的那扇窗，能開車去哪裡？當他想家的時候，又有誰可以唱歌給他聽？所以我不能停，我必須讓志明與春嬌學會唱歌……

學生將難抑的悲情，轉移到「教紙紮人偶學唱歌」來淡處理，反而凸顯出內心的傷痛疏狂。這篇作品投了去年的直轄市文學獎，第一輪投票就無異議被三位評審評為首獎。

人生的離散就像那布滿坑谷的月球，不堪逼視，但我們可以讓它反射文字的熱度，變成文學淡淡的月光。在書寫離散時，我們試著不強調傷悲，我們試著學林真心別過頭，輕聲唱著〈小幸運〉……

34 每個人都會「看到」，只有行動者能「看見」——行動創做法

人是行動著的生物，是通過經驗來看見世界，而不是透過死板板的課本來看見世界……

「老師，題目是什麼啊？」

「沒有題目！寫你自己、寫你自己想說的。」

這是暑假為國中生辦的文藝營，我把它命名為「文字遊樂場」。早上上課，下午分組，三組寫歌詞、三組寫散文，就是希望學生「快樂玩文字」。

但我錯了，我看到的，是學生們搜索枯腸、抱頭沉思的苦樣。時間過了三十分鐘，超過一半的學生仍然想不出任何一個題目。

「仍然想不出題目的同學現在到前面來。」

八個學生勇敢走過來。

「覺得自己有獨特地方的請舉手？」

學生們面面相覷，沒有人舉手。

「每個生命都是獨特的，你們怎麼可能找不到自己可書寫的獨特地方？」我深呼吸：「好……那，有學過樂器的請舉手。」

一半以上的學生舉手，我問了前面女學生：「妳學什麼樂器？」

「琵琶。」

「妳是國樂團的？」

「是。」

「學琵琶有沒有什麼故事？」

「沒有耶，就很順利……」

我臉上三條線，想說自己學吉他學到手指破皮就放棄了，她怎能用三個字「很順利」就交代？

「好，大家聽我講，散文是個很『我』的文類，沒有我，就很像論說文。練習寫散文，從練習講故事最快，所以希望同學們今天可以練習寫一篇自己的故事。」

「老師，什麼是故事？」

「故事就是在人事時地物中製造『戲劇張力』，兩點越遠，張力就越大。」

「那妳學琵琶時，最快樂和最痛苦的兩點在哪裡？」

女學生皺鼻尋思。「嗯，最快樂的，應該是我參加了絲竹樂團，得到了今年全國音樂比賽特優；最痛苦的應該是開始學習基本的按弦時，因為年紀小力氣不夠，連彈出簡單的音階都十分困難，當同學們都已經得心應手，我很想放棄。」

「太棒了，那妳可以像好萊塢電影一樣，用最高潮的短時間，夾住妳學習的長時間痛苦，這樣就不會寫出流水帳了。」

「老師，我不懂耶。」

「就是參加全國賽時，從彈奏第一個音符，到名次揭曉那一霎那，妳在這段時間，寫著妳怕彈錯音的緊張，這是短的敘事軸。同時有一條長的敘事軸，用『插敘』將妳過去學琴的掙扎穿插其中。若可能，用心智圖連結出相關歷史與相關他人。」

「用心智圖？連結出相關歷史？相關他人？」

「是的，沒有人可以獨立於歷史與他人的連結。例如『琵琶』這個樂器就可以製造許多相關。」

我在電腦打入「琵琶」二字，螢幕上跳出「琵琶」的維基百科，還有白居易的〈琵琶行〉。「妳回去讀〈琵琶行〉，看看其中有多少句子是與妳的生命經驗相關的。」

女學生回去後，在網路上和我進行幾次討論，才發覺就算是閱讀千年前的文本，一樣可以找到共通的生命連結。

例如白居易〈琵琶行〉中的女子，十三學得琵琶成，學生也是十三歲時，開始對琵琶產生興趣；另外，學生下定決心，一定要進入學校絲竹樂團，那是從四十幾人的國樂團中，再獨立出來的十五人團體，各個聲部只有一個樂器代表，有如〈琵琶行〉中的「教坊第一部」。

最重要的，學生發覺〈琵琶行〉談的是離別，而她也即將面對生命中最大的離別：母親認為國三時全力衝刺升學的她，應該「無暇外務」，所以要她暫別琵琶。

這位學生以前只能「看到」自己表層的經驗，卻無法「看見」有價值的書寫材料。所以陪伴學生寫作時，與其說是指導，不如說是我不斷丟出問題，逼他們「看見」原本豐美的自己。

二〇一七年國中會考作文題目是「在這樣的傳統習俗裡，我看見……」；大學指考國文科作文的題目是「在人際互動中找到自己」。學生必須以「我」與「自己」為尺，去丈量這個世界，但是，學生夠認識自己嗎？

另一位在文藝營的學生F，回家後，用messenger回覆我：「老師，我想反駁你『每個生命都是獨特的』這一句話，我們每天讀一樣的課本，考一樣的試，選一樣的答案，哪裡有什麼獨特之處？老師還要我們在上下學時多觀察，老師你知道我們一下課就要趕著晚自習或去補習班，在公車上都在補眠，不然就是要滑手機回訊息，哪裡會有時間去『看見』外面的世界？」

這個學生說的沒錯，要「看見」很難，因為每一個人都能「看到」這個世界，但只有能「看見」的人，才能進入寫作狀態。

從「看到」走到「看見」有段距離，詮釋學者嘉達美（Hans-Georg Gadamer）稱這一段距離為『視域交融』（Fusion of Horizons），嘉達美稱其核心為「行動化」。

好友樟湖國中小陳清圳校長，就擅長用「行動化」來教學生創作。

日前與清圳校長臺北同宿時，談到心理學者布魯姆提到的人的六種認知向度：1.記憶、2.了解、3.應用、4.分析、5.評鑑、6.創造。他認為一般學校的教育都集中在「記憶」與「了解」等兩種認知。「只有帶學生進入實體世界學習、行動，學生才較有可能進入後段的『創造認知』。」

因此清圳校長帶著孩子去花東單車壯遊。還利用暑假，讓老師帶著孩子去花蓮、宜蘭、新北、雲林、臺南等地蹲點。最重要的是，孩子自己寫計畫，自己接洽蹲點的地方，用自己的勞力賺取旅費。

清圳長期觀察孩子參與蹲點的展現，發現「自己規劃、寫計畫」就是布魯姆認知向度中「創造」的計畫層次。「但是有個『缺失』，就是會很獨立，很有個性，比較無法接受『無理的威權制約』，這也就是師長不習慣的地方。」

這個世界上的創造者，哪一個不是「無法接受無理的威權制約」？伽利略如此，甘地如此，孫文如此，德國梅克爾總理也是如此。這種人也常是「師長不習慣的」、「體制最不喜歡的」人，但「不習慣的」、「不被喜歡的」，不代表不好。

我們要思考，「關在教室裡的命題作文」是不是一種「反創作力」的「威權制約」？

是不是一條綁住人無法找到「個人」的繩子？

事實上，教育正在鬆綁，例如會考國文已不考課本，一〇八課綱實施後，大學選才有五〇％是看「個人學習檔案」——是「個人」！是回到希臘哲學家普羅泰戈拉（Protagoras）所講的「人是萬物的尺度」的個人。

以經驗為基礎的德國哲學人類學者阿爾諾德·蓋倫（Arnold Gehlen）說過：「人是行動著的生物，是通過經驗來決定對這個世界的態度。」是的，是透過「經驗」來「看見」這個世界，而不是透過死板板的課本，所以十二年國教提出的三大面向「自主行動」、「溝通互動」與「社會參與」，無一不與行動掛勾。

教育改變了，大學選才也漸漸鬆綁了，為何學生F還會抗議：「我們哪裡有什麼獨特之處？我們一下課就要趕著晚自習或去補習班……我們哪裡會有時間去『看見』外面的世界？」

那是因為師長還把自己與學生綁在舊制度、綁在教科書中。該是彼此解開繩子，一起蹲點，一起讓知識在行動中站立起來的時刻了。

或許很多師長還不習慣鬆綁與行動的教育，但說真的，看到原本創造力十足的年輕人，活成一篇篇找不到題目的文章，我們才真的要不習慣！

35 難的東西簡單說——品牌故事法

品牌故事的書寫五點要素，不只可供廣告人使用，任何需要撰寫自傳、履歷表的人，都可以利用這五點快速建立個人品牌……

品牌是價值的代表，品牌是脫離價格紅海的不二法門，品牌是組織、產品或個人都需要的成功任意門，但是事實紛紜萬狀，孰輕孰重？該如何挑出重點，整理出自己的品牌故事呢？

事實上，品牌故事為了便利傳述，切忌訊息過多，或是轉述時間過長。因此，整理出好的品牌故事的大原則就是「難的東西簡單說」，而我們可以用五點要素達到這個原則。

以下是路易．威登（Louis Vuitton）的品牌故事，你看得出其中有哪些重要的組成要素嗎？

鐵達尼號這艘英國豪華郵輪，沉沒海底八十年後的一次探勘行動，科學家打撈起一件LV硬皮箱，撬開一看，裡面竟然連一滴海水都沒有。

這故事很短，卻讓我們對ＬＶ產品的品質瞬間建立信任感，甚至認同ＬＶ包包昂貴的價格與不可取代的價值。其實這裡頭有品牌故事所有需要的五點精巧設計。

第一點是**「建立於權威之上」**。鐵達尼號是全世界都知道的事實，科學家代表不是無中生有，這兩個擁有可信度的關鍵字，在受眾心理建立了權威。

第二點是**「有量化數據」**。八十年與一滴水都是有科學邏輯的數字，形成理性可靠的表達。

第三點是**「有戲劇張力」**。故事與非故事的差別，就在戲劇張力。若故事中可張開對比兩點，則形成張力。若兩點越遠，則張力越大。「八十」年與「一」滴水，大小形成極大的對比，因此品牌有了戲劇性的「故事」。

第四點是**「有核心價值」**。鐵達尼號代表「貴族品味」；八十年不滲一滴水，則說明其堅固可靠。所以「堅固可靠的貴族品味」就是ＬＶ品牌故事的核心價值。

最後一點則是**「可簡易傳述」**。這個不到六十字的故事可在十秒內從容說完，任何顧客都可以耐心聽完它。這對快速的「口碑行銷」非常有利。

我們再看SK-II的品牌故事，試著找出這五點關鍵要素：

一九七五年，日本北海道的一家清酒釀造廠，一隊科學家，在一次參觀的過程中，注意到釀酒婆婆擁有一雙少女般細嫩的手。在清酒（Sake）的釀造過程中，蘊含著一個祕密。他們從自然界五百多種酵母中反覆挑選，最終鎖定一種特殊酵母。SK-II把這種珍貴的液體命名為Pitera，然而科技發展到今天，Pitera依舊不能人工合成。

這個故事稍長，但是仍然可以在短時間說完。我們可以發現「建立於權威之上」的關鍵字有「日本北海道的清酒釀造廠」、「科學家」與「酵母」等事實的語詞。立馬在受眾心裡建立了權威。

「一九七五」年、「五百多」種酵母與「一」種特殊酵母，則是「有量化數據」的理性表達。

「婆婆」與「少女」、「五百多」與「一」，則是對比極大的兩點，形成令人咋舌的「戲劇張力」。

「科技發展到今天，Pitera依舊不能人工合成」告訴我們，它的稀少難得，與昂貴的合理性。所以「花高價、用天然的物質、得到少女般細嫩的手」則是SK-II品牌故事的「核心價值」。

品牌故事的書寫五點要素不只可供廣告人使用，任何需要撰寫自傳、履歷表的人，都可以利用這五點快速建立個人品牌。以下有另兩則品牌故事，請試著找出這關鍵五點。記得，有解構品牌故事的能力，日後才會有建構品牌故事的能力！

〈練習一〉海洋拉娜（LA MER）的品牌故事

四十多年前，一位ＮＡＳＡ太空總署的科學家，在一場實驗爆炸中，灼傷了自己的臉，嚴重程度幾近毀容，皮膚科醫生也無能為力。這位科學家決定自救，找到海底深處的海藻嫩芽，歷經十二年六千次的實驗，甚至還讓海藻聽音樂、晒太陽，終於成功開發出燒燙傷乳霜海洋拉娜（LA MER），治好了自己的疤痕。

〈練習二〉Dyson吹風機

Dyson改變了吸塵器後，一百零三位工程師在過去五年，打造六百個產品原型，試驗一千零一十英里長的真人頭髮，其中五百九十九個都失敗。終於結合熱度與氣流、智慧溫控、與數位馬達的強大氣流，成功發明了保護秀髮，避免高溫傷害的革命性護髮吹風機。

36 用「價值」、「故事」、與「積累」，寫出自媒體的品牌力！──品牌積累法

很多學生旅行回來後，帶回來跌宕起伏、鏗鏘壯闊的足跡。聽他們分享後，我常自賈餘勇：「好精彩，有沒有想過寫下來？老師幫你找出版社，說不定可以出書。」

學生們真的費心整理，寄來數萬字文稿，然而轉寄各家出版社後，幾乎都得到委婉拒絕，例如：「這類書籍市面上已非常多，無差異化無法吸睛」、「內容過於平鋪直敘，缺乏故事感」、「可整合成主題式，而非僅以時間序為主軸」、「與主題相去較遠的情節可刪節，讓整本書聚焦」……等。

為德不卒，無法幫上忙，對學生很抱歉。

當今書市不振，出版面臨懸崖式衰退，二〇一六年統計，臺灣五年來書籍銷售額減少四十六%，幾乎腰斬。出版社主編透露，現在出十本書，只有一本可獲利，不得不慎。

然而，一般素人，除了自費出版外，難道沒有捷徑得到出版社的青睞嗎？

這幾年曾協助高中同窗及學生阿布出書，均得到商業的成功；加上另兩位指導的學生已獲得出版邀約。發現他們有一個共通點，那就是靠持續曝光，建立「個人品牌」。

「品牌」是出版社的重要評估標準，出版界的友人拒絕學生的作品後，常會解釋：「不好意思，你的學生缺乏品牌行銷力，賣不動。」那什麼是品牌？什麼又是行銷呢？

美國行銷學會曾如此定義「品牌」：「一個名稱、詞句、標誌、符號、設計，或是以上的組合使用。」行銷管理大師柯特勒說：「品牌的意義在於企業的驕傲與優勢。」

網路曾流傳一則有趣的類比，很傳神地說出品牌、與行銷、推銷、促銷，四者間的差異：

男生對女生說：「我是最棒的，我保證讓妳幸福，跟我好吧！」——這是推銷。

男生對女生說：「我老爹有三處房子，跟我好，以後都是妳的！」——這是促銷。

男生根本不對女生表白，但女生被男生的氣質和風度所迷倒。——這是行銷。

女生不認識男生，但她的所有朋友都對那個男生誇讚不已。——這是品牌。

總之，「品牌」是不求人，消費者就會主動上門。

我想起二〇一〇年五月開始使用臉書時，每次發文，頂多三十人按讚，二〇一三年初，為了鼓勵學生主動打掃，寫下三哥的故事〈你這個笨蛋〉，竟然獲得五十幾個分享。一位朋友幫我投到《人間福報》，又過了三個月，臉書「閱讀」轉貼福報的文章，獲得五千多次的分享。有一位美國的朋友，竟然寫信給我：「夠了吧，你這一篇文章，我已收到三種不同管道的分享。」

分析這一篇沒有文學修辭的文章，發現獲得迴響的原因有二，一是「傳遞好價值」，二是「抓張力寫故事」。堅持這兩點，「高齡」四十七歲的我，開始書寫半生倥傯，幸運有了追蹤的讀者，平均分享數來到五十上下。

當年七月，出版社的天使真的翩翩飛來：「我們發覺你的文章分享數很多，有市場，能簽個約嗎？」從此進入每年出一本書的第二人生，日後更多天使發出邀約——我開始思考，我算不算「品牌」？

在二〇一四年，我目擊到一個品牌營造成功的過程，這個品牌叫柯P，沒錯，就是當選臺北市長的柯文哲醫師。

在九月領表後，我發覺每隔幾天，就會有一則「柯醫師小故事」被民眾在自己的臉書或部落格分享，然後隔天各大媒體開始大幅報導。例如九月九日是「他救了很多產婦」臺大醫師透露柯文哲小故事；九月十六日是第一位跟隨柯P的技術員（葉克膜之母）分享的柯P小故事，故事傳遞的價值是柯P的固執、靈活、效率、當責、領導、與視病如親；十月十二日則是柯文哲化身柯阿伯，與夫人陳佩琪一起為病童說故事。十一月十八日是「有洋蔥！非親非故卻獲柯P幫忙小故事感動網友」；十一月二十五日是臺大同事寫柯P注重細節的小故事。

那幾個月，我腦中不斷出現當年在廣告公司任職時，主管教導我的：「廣告要形成品牌，只有一個字，叫做Repetition（重複），而重複的必須是產品的核心價值（core value），這樣受眾才會有記憶點。」

柯文哲是素人，但柯P則是他背後團隊刻意塑造的品牌，這個P引起群眾的好奇，在被媒體疲勞轟炸後，不得不上網或詢問他人，才了解這個P是Professor教授之意。

在十一月二十九日，柯文哲以政治素人之姿，以不到一年的時間準備，最終成為首都首位無黨籍市長。他在勝選感言中表示：「這是一場網路主導的選戰。」網路不用錢，卻能在炒熱網友的討論熱度，吸引傳統電視、報紙媒體報導，成了真正取得發言權、引導議題的主流。

其實在這一個「去中心化」、「分眾就是大眾」的後現代，每一個人都可以成為另一個善用網路的柯P，讓今日的「副中心」成為明日的中心，甚至讓缺乏行銷成本的出版社，看到我們在社群的品牌行銷力，主動尋找合作機會。

其實經營社群，影音製作、直播、Instagram的受眾，一定超越文字讀者許多，要利用部落格、微網誌或是臉書的文字撰寫，來和影音競爭，一定是相對弱勢。但千萬別忘了，文字是「萃取價值」的最佳載具。想要讓自己的寫作被看見，永遠要記得「傳遞價值」、「營造有張力的故事」以及「重複積累」等三個重點。

群眾如流水，但流水永遠願意為好的價值流動，如果你有辦法從你自己的故事中萃取出「普世價值」，請練好自己的筆，不要放棄，慢慢積累，或許有一天，那頭上戴著光環的出版商，會出現在你眼前，拿出合約：「你已經積累出品牌力，簽個名，帶我們向另一片文字的天空飛吧！」

LEARN 038

寫作吧！破解創作天才的心智圖

作　者—蔡淇華
主　編—李國祥
企　畫—葉蘭芳

總編輯—李采洪
董事長—趙政岷
出版者—時報文化出版企業股份有限公司
一〇八〇一九台北市和平西路三段二四〇號三樓
發行專線—（〇二）二三〇六—六八四二
讀者服務專線—〇八〇〇—二三一—七〇五
（〇二）二三〇四—七一〇三
讀者服務傳真—（〇二）二三〇四—六八五八
郵撥—一九三四四七二四時報文化出版公司
信箱—10899臺北華江橋郵局第99信箱
時報悅讀網—http://www.readingtimes.com.tw
電子郵件信箱—genre@readingtimes.com.tw
法律顧問—理律法律事務所　陳長文律師、李念祖律師
印　刷—紘億印刷股份有限公司
初版一刷—二〇一八年六月十五日
初版二十九刷—二〇二三年四月十七日
定　價—新台幣三〇〇元
（缺頁或破損的書，請寄回更換）

時報文化出版公司成立於一九七五年，
一九九九年股票上櫃公開發行，二〇〇八年脫離中時集團非屬旺中，
以「尊重智慧與創意的文化事業」為信念。

寫作吧！破解創作天才的心智圖 / 蔡淇華著. -- 初版. -- 臺北市：時報文化,
2018.06

面；　公分. -- (Learn ; 38)

ISBN 978-957-13-7447-5 (平裝)

1.寫作法

811.1　　　　107009071

ISBN 978-957-13-7447-5
Printed in Taiwan